Один и другие рассказы
Short Stories and Other Tales
Евгений Замятин
Yevgeny Zamyatin

Short Stories and Other Tales

Copyright © JiaHu Books 2017

First Published in Great Britain in 2017 by JiaHu Books – part of Richardson-Prachai Solutions Ltd, 434 Whaddon Way, MK3 7LB

ISBN: 978-1-78435-210-3

A CIP catalogue record for this book is available from the British Library

Visit us at: jiahubooks.co.uk

О том, как исцелен был инок Еразм

Сказанный инок Еразм еще во чреве матери посвящен был Богу. Родители его долгие годы ревностно, но тщетно любили друг друга и, наконец, истощив все суетные человеческие средства, пришли в обитель к блаженному Памве. Вступив в келию старца, жена преклонила пред ним колени, и стыд женский запечатал ей уста, и так молча предстала старцу. Но блаженному Памве и не надо было слов: от юности тленные женские одежды были ему как бы из стекла, и сквозь них тотчас увидел он горькие бесплодием ложесна женщины.

-- Оставь скорбь, женщина, -- сказал ей старец. -- Сядь здесь и раздели со мной трапезу.

Так сказав, взял печеную рыбу, вынул молоки и, благословив, подал их женщине. Та со слезами и верой причастилась благословленной пищи и внезапно ощутила в себе трепетание, как если бы приняла мужа в лоно свое.

Когда увидел старец Памва, что уже вновь раскрылись завеженные очи ее и пурпур вновь окрасил побледневшие на малое мгновение ланиты, он улыбнулся ей, сказав:

-- Отныне муж твой уже не будет подобен пахарю, возделывающему песок, и труд его принесет плоды. Но первенца твоего, когда он научится петь хвалу зародившему его и зарождающему тьмы, -- первенца своего ты приведешь в обитель и оставишь мне.

После того много раз солнце вставало над обителью и сеяло золотое семя свое в синий снег и в черные весенние недра вздымалось стеблие трав и, совершив заповеданное, вновь клонилось долу. И лишь старец Памва был по-прежнему прям, как крестное дерево кипарис, и все так же крепок был серебряный венец его мудрых седин, и многих исцелял убогих мужей, и одержимых бесами, и неплодных жен, в чем видели иные силы вкушаемой старцем благословленной пищи.

И вот в день Пятидесятницы, совершив положенные службы, вышел старец Памва из храма. Рачением братии белые плиты перед храмом были усыпаны весенними благоуханными травами, и венками были увенчаны кресты на могилах почивших и ныне сорадовавшихся вместе с живыми иноков. И украшенный зеленым венком предстал блаженному Памве златовласый отрок, ведомый за руку женщиной.

-- В сей день брачный земли -- войди и живи с нами, отрок Еразм, -- сказал старец Памва и уже поднял руку благословить отрока, но в тот же час два беса, принявшие образ голубиный, сев на кресте могильном и уронив на землю венок, предались плотскому неистовству.

-- Он ее заклюет! Освободи ее, добрый старец! -- вскричал отрок Еразм к блаженному Памве.

Старец Памва поднял глаза на бесов -- и те истаяли дымом на виду у всех, не окончив своей неподобной игры. Старец возложил на Еразма руки, сказав:

-- Счастлив удел твой, брат Еразм, и тяжел он, ибо уже раскидывают над тобой бесы свою сеть, но они ищут лишь ценной добычи.

И, чтобы блюсти Еразма от козней бесовских, блаженный Памва поселил его в своей келье. Юный инок Еразм служил старцу, подавая ему воду для омовения, скудную пищу, кадильницы, свечи, и не раз видел, как он целил больных и прозревал души приходивших к нему, как если бы одежда и самое тело их были из стекла.

-- Как смотришь ты, отче, чтобы читать в душах их? -- спросил старца Еразм.

-- Я смотрю в глаза, -- отвечал старец Памва. -- Тело человека -- все обитает в этом мире, и только глаза его -- суть колодцы, проникающие с поверхности этого мира в тот мир, где их души. Как разноглубоки колодцы в земле, так разноглубоки они в человеке. И чем глубже, тем ближе к обителям божественным, но и к вратам преисподней.

-- А у меня? -- спросил инок Еразм.

Но ничего не ответил мудрый старец, погрузившись в молитву. Ибо не видел дна в тех синих колодцах, прикрытых сверху легким, непрочным наметом ресниц. Так искушенный путник опасно ходит по неведомым дорогам, минуя влекущие нежной зеленью места, чтобы не погрузиться в коварную хлябь.

Вскоре инок Еразм стал весьма искусен в чтении и письме. И когда блаженный Памва уставал от молитв и от бесед с приходившими искать мудрости его, и от борений с неустанно, как мухи, осаждавшими его бесами, инок Еразм читал ему вслух нечто от Библии или от житий святых отец наших, или от Цветников и Изборников отеческих. Был голос у юного инока чистоты, подобной звенящему с высот горнему крину, и как на пути быстрых вод горнего крина спаленный солнцем холм облекается зеленой одеждой, упещренной белыми и багряными, и синими, как твердь, цветами -- так поливались сладким и буйным соком читаемые Еразмом слова. И, слыша их странную и как бы уже не божественную прелесть, старец Памва прекращал чтение, говоря:

-- Я помолюсь, Еразм. Выйди и читай один.

И уже вовне келии, на белых и горячих от солнечного дыхания камнях, вновь раскрывал Еразм залитые восковыми слезами листы древней книги и читал от нее. И, упоенный вином словесным, не слышал, что творилось вокруг, и не видел и не ведал, *что* есть чтение его.

Однажды в такой час, истомившись зноем, поднял блаженный Памва ставень в келье и остановился изумленно, услышав за окном тяжкие вздохи и стенания как бы огромного зверя. Вышед, увидел он Еразма на ступенях келии с книгой, а кругом -- иноков, юных и зрелых, и старцев, и как бы от чрезмерного бега -- лица у них красны, а дыхание часто, и многие стенали от неистовой некой муки и яростно, оберучь, охватывали белое тело берез и, упав ниц, лобзали круглые, подобные чреву, камни.

-- Что, безумный, сделал ты с ними? -- спросил старец во гневе.

-- Я читаю им от священных книг, -- ответил простодушно Еразм.

Полагая, что нашептанный бесами юный инок осквернил себя ложью, старец Памва подступил ближе и, опустив взор свой на листы древней книги, увидел, что неправо помыслил так об Еразме, ибо он читал Песнь Песней мудрейшего среди смертных и пророка пред Господом. Тогда уразумел блаженный старец, что инок Еразм невинен, но вина братии, и сказал им:

-- С какими помыслами вы, нечестивые, слушали слова о божественной любви к чистейшей невесте нашей церкви?

Но братия молчала.

-- Поднимите, злодушные, ваши очи вверх и увидите.

На краткое мгновение, по молитве блаженного Памвы, отрезвились их духовные очи и увидели все: невысоко, на уровне кровель обительских, клубилась над ними тяжкая туча, пронизанная вся красным, как кровь. И еще, погодя мало, увидели, что это не кровь, но клубы тучные свисали в виде женских персей, с обращенными вниз остриями сосцов, и волновались клубы в виде чашеподобных лон и увитых легкой тканью лядвей и чресел.

Пораженные видением, иноки безмолвствовали. А туча бесовской прелести, по мановению блаженного старца, содрогнулась и пролила некий смрадный, густой и белый, как молоко, дождь.

-- Видите, что сеете вы помыслами своими? -- спросил их блаженный Памва.

-- Прости, отче, видим, -- отвечали устыженные иноки.

И с того дня юный Еразм был запрещен Памвою в чтении книг, но приставлен к иному делу, где бесы уже не могли обратить во зло лепоту его нежного голоса. Под неусыпным надзором старца инок Еразм стал обучаться писанию икон.

Опасаясь бесовских козней, старец Памва отделил Еразма от прочей братии, затворив его в малой келии, и уже никто не видел и не слышал Еразма -- только старец. И были стены в той келии белы, как одежды браконеискусной девы, и было малое, одетое решеткой окно. После полудня ложилась на стене тень от решетки, поступью неспешной шла все выше, и в час, когда река раскрывала солнцу лоно свое, останавливалась тень на сводах и гасла, а внизу, на девственной одежде стены, проступало багряное, как от крови, пятно. И снедаемый неведомым горением, приближался инок Еразм к стене и осязал багряное пятно, как бы ожидая нежной кровью окрасить персты. Но на утро, как прежде, сияла стена цветом невинности, и, входя в келию, тайно радовался старец Памва, что даже самый вид стены должен убелять помыслы юного инока, и радовался, видя, с каким тщанием и искусством прилежит он к великому и божественному делу писания икон.

В то время случилось блаженному Памве исцелить некую знатную жену именем Мария, -- власть над нею имел бес, толкавший ее к неудержному и ненасытному любодеянию. И, всего лишь трижды коснувшись перстом ее палимого блудным пламенем естества, насытил ее покоем блаженный старец и освободил от власти бесовской. Было же имя той жены в честь преподобной Марии Египетской, и сказала жена, исцелев, старцу:

-- Молю тебя, отче, если имеешь кого, искусного в писании икон, повели ему написать житие преподобной Марии и страстные муки ее и изящные деяния в пустыне египетской. По написании же я, заключив себя в келии, со слезами буду взирать на образ жития преподобной и потщусь идти по стопам ее.

Блаженный Памва в тот же день призвал Еразма и спросил его, сказав:

-- Знаешь ли ты страстное житие преподобной Марии Египетской?

Еразм ответил:

-- Прости, отче, не знаю.

И дал ему старец разогнутую книгу Четий-Миней и указал читать житие преподобной. И читал Еразм весь день, оставив нетронутой пищу. Вот уже вечер, погасла на сводах келии тень от решетки. Зажег лампаду Еразм и вновь читал, как прекрасная телом дева сетью красоты влекла юношей и мужей александрийских на ложе свое, и как на обуреваемом волнами корабле опаляла всех несытым огнем страсти своей, и как, заточив себя в пустыне, снедаемая жаждой смешения, взывала о помощи к небесному жениху.

И этот последний ее лик -- в пустыне, с очами, задернутыми легкой мглой, какая повисает над палимой неистовым зноем далью, с устами, разверзшимися, как иссохшая без дождя земля, -- этот лик преподобной написал Еразм в середине образа. У ног ее -- желтый песок и травы, и цветы, сожженные зноем, истекающим от солнца или от тела преподобной, скрытого под тонкой белой одеждой.

И не слышал Еразм, как в клеть к нему вошел старец Памва и стал за плечами его, как ангел-хранитель. Долго смотрел блаженный старец на образ преподобной и сказал Еразму:

-- Похвально рачение твое, и вижу на тебе печать дара Божия ("Точно ли Божия?" -- помыслил про себя старец). Но есть еще несовершенство в писании твоем: прекрасен лик у преподобной жены, но под хитоном ее вижу я тело не жены, а мужа. Ибо еще юн ты и еще должен уведать тайны созданной Господом из ребра Адамова.

Так сказав, вышел старец: уже проступала вечерняя кровь на непорочно-белой одежде стены, и чугунное било звало братию в храм. Еразм же разрешен был старцем от церковной молитвы и остался в келии один. Опечаленный, пал Еразм перед образом и жарко молился, вопия:

-- Умилосердись, преподобная, научи меня познать честное тело твое, дабы мог я достойно прославить тебя.

Но здесь услышал он сзади тихий, едва слышимый смех. Обратившись, изумленный искал он, кто мог войти в келию, -- и увидел лишь на решетке окна двух играющих голубей. В тот же час вспомнил Еразм голубей на могильном кресте в день пришествия своего в обитель, осенил себя крестом -- и голуби растаяли в розовом небе. Но вновь услышал тот же смех, уже более близкий и явственный.

И тогда, возле освещенной солнцем стены, как бы вышедшую из стены, узрел инок Еразм неведомую деву. Была она в белой одежде, но на белом там и здесь цвело розовое, как на стене от солнца, пятно.

-- Кто ты? -- спросил инок Еразм, удерживая руками сердце, содрагающееся от страха и иного, неведомого, трепета.

-- Имя мое -- Мария, -- отвечала дева. -- Я жила в Египте. И вот по молитве твоей я послана к тебе.

Пораженный чудесным знамением, Еразм упустил даже осенить себя крестом, но тотчас, припав, стал лобызать одежду явившейся девы.

И ощутил запах -- неведомый, но как бы всегда живший в его сердце до того часа. И все взыграло в Еразме и устремилось неудержимо к преподобной деве, как неудержимо восстает к солнцу напряженное весенним соком стеблие трав. Устыженный отошел Еразм и, опустив глаза, тщился оправить свою одежду так, чтобы не узрела святая дева волнения его.

Но дева назвала его по имени, -- голос ее пронозил сердце Еразма, как некий сладостный меч, -- и так сказала Еразму:

-- Почто, неразумный юноша, смущается сердце твое? Приблизься. Ужели забыл ты наставления учителя твоего Памвы и забыл, зачем я на краткий срок послана тебе?

Тогда Еразм, преступив свое смущение, приблизился к деве, с трепетом развязал ей пояс и отстегнул запон вверху. До половины спал с нее белый хитон, и предстала перед Еразмом неведомая ему дотоле тайна персей. Были они как две волны, чудесным велением Божиим высоко восставшие на спокойном море, а оседающее за край земной солнце на острых вершинах тех волн зажгло алые пламена. И, радуясь уведанной премудрости творца, Еразм, следуя наставлению старца Памвы, стал со тщанием изучать открывшееся. Подобно апостолу неверному Фоме, он не верил зрению только, но погружал свои персты в нежные и прохладные волны и всякий раз все глубже ощущал в сердце своем сладостный меч, и как бы в некой блаженной смерти истекает из него жизнь.

-- Но еще не все ты познал, -- сказала, улыбаясь, дева. -- Спеши же, ибо лишь на краткий срок я послана к тебе.

И, весь трепеща в предчувствии тайны еще прекраснейшей и нежнейшей, юный инок отстегнул нижний запон. Но в тот час, когда готова была уже последняя тайна предстать перед ним, услышал он легкий, как бы от лопнувшего сосуда, звон, и дева бесследно исчезла. А в дверях келии увидел Еразм блаженного Памву. Был он гневен, и седые брови его были распростерты, подобно воскрылию, и весь он был, как грозная, летящая на защиту птенцов своих птица. И громким голосом спросил Памва, сказав:

-- Что делал ты, безумный? И кто был с тобой?

И, не таясь, все рассказал Еразм мудрому старцу: как со слезами молился он, чтобы преподобная дала познать ему тело жены, да прославит он достойно ее честное тело, и как по молитве явилась ему она, и как узнал он все, кроме лишь некой последней тайны.

Немало смущен был блаженный Памва тем, что поведал Еразм, ибо не имел старец твердой веры, что от Бога было видение это Еразму, а не от беса. И мудро сказал Еразму:

-- Возблагодари пославшего тебе помощь в труде твоем для прославления преподобной. Но помни: ту последнюю тайну -- нелеть иноку знать, и тебе в художестве твоем тайна та не нужна. Иди же и спи с миром.

Но не мирен был сон Еразма, было его ложе -- из углей, и до утра ощущал он неумиримое, непреклонное устремление к той, последней тайне, и до утра погружал он персты в жемчужные, чудом восставшие на спокойном море волны. А наутро, сотворив иноческое метание перед старцем, омыл он кисти и, трепетно вспоминая открывшееся вчера, приступил к исправлению того, что было указано наставником его в художестве -- блаженным Памвой.

Вскоре окончен был образ. Со вниманием осмотрел его блаженный старец и увидел, что теперь преподобная не только ликом, но и телом была женою из жен, и даже помнилось старцу, что сквозь облачнобелые ее одежды тлеют остриями легчайшего пламени перси. Но о том не сказал Еразму, помыслив про себя, что лишь видит он, как обычно, сквозь одежды женские, как если бы были они из стекла. И взмахнув воскрылием бровей, благословил Еразма, сказав:

-- Вижу, горением к преподобной полон дух твой. Не гаси же горения того, пока не кончишь писания образа.

Но если бы даже и хотел, уже не мог Еразм погасить в себе горения того. Старец же Памва по сих словах оставил обитель, призванный к одру недугующего князя той страны. Выходя из врат, еще раз оглянулся блаженный старец на золотые среди зелени главы храма и увидел: повисши на ветвях древних схимниц-лип, гроздьями качаются бесы, как отроившиеся пчелы. И содрогнулся старец от темного предчувствия новых и небывалых бесовских козней, но выйти из воли князя не мог.

В отсутствие Памвы пищу Еразму приносил большой хлебенный старец именем Сампсон. Был он, как древний Сампсон, велик и мощен телом во всем до последнего, и не было у него растения волос ни на голове, ни на лице и нигде на теле, отчего был он как бы дважды наг, и по повелению Памвы, даже в летнюю пору, носил он на себе не менее трех одежд. А от вида женского, хотя бы и не в естестве, но лишь в изображении бывал он буен без меры. И, опасаясь того безмерного буйства, Еразм принимал от хлебенного старца пищу сквозь дверное отверстие.

С утра весь день пламень источался от солнца; от суши великой вдали, за озером, горели травы и леса. И как бы вместе с травами изгорал, не сгорая, Еразм, и на сладком кипарисовом древе возникали огненные образы страстного жития преподобной.

Двери в храмину, и у дверей тех -- длинная череда юношей и мужей александрийских, с почерневшими от жажды лобзаний устами -- как бы череда воинов, уже подъявших закаленное огнем оружие и жаждущих ринуться на врага, чтобы насмерть пронзить его тем оружием. И ниже, в золотом обрамлении -- самая храмина, бедная и белая, ибо в бедности жила преподобная и не взимала мзды за красоту тела своего. В храмине -- убогое и роскошное ложе из трав, а на зеленом яcписе трав -- золотой плод: нагота преподобной, и жалят взор четыре расцветших алыми чашами цветка. Но тайну уст и персей, по сказанному, уже знал Еразм: четвертой же, последней тайны не ведал еще юный инок и не из двух, но из трех алых лепестков сложил он эту последнюю тайну, от чего для взиравшего была она еще губительней и необоримей. И в новом обрамлении из красного золота цвели те цветы на обуянном бурями корабле, и корабельщики, забыв о волнах морских, вздымались и падали на иных, огненных волнах. И далее, в опаленной, соломенно-желтой пустыне преподобный Зосима встречал Марию и, в страхе совлекши с себя одежду, бросал ей, дабы не погибнуть, увидев прелесть наготы ее, но ветром пустынным уносило одежду, и стоял Зосима, прискорбно опустив глаза долу на разжение свое. И так, до самого блаженного преставления преподобной Марии, написал Еразм все ее страстное житие.

Был напитанный солнечной кровью закатный час, когда он кончил все. В тот час, как обычно, хлебный старец Сампсон принес Еразму вечернюю трапезу. И, восторгнутый от всех мыслей и опасений ежедневных, вскричал Еразм старцу, сказав:

-- Великий час скончания пути! Войди, брат Сампсон, и скажи мне, как видишь.

Опасно мне, брат, -- отвечал Сампсон сквозь дверное отверстие.

-- Войди, говорю тебе, -- с нетерпением и гневом сказал Еразм.

И, чтобы не вводить в гнев брата своего, вошел Сампсон. И, увидев, покачнулся на ногах, как если бы обремененны были ноги его внезапной тяжестью, и взревел яростно, пал ниц и сверлил холодный земляной пол келии. В страхе взял Еразм сосуд с принесенной ему старцем водой и вылил ту воду на неистового Сампсона. Тогда встал Сампсон, разодрал на себе одежду, и, дважды нагой, воскликнул:

-- Горе мне, окаянному! Вотще сила моя!

И, пробив келейную дверь, вышел вон. И настала ночь, страшная происшествиями и знамениями. Среди дымной тьмы, освещая себе путь восковыми свечами, бегали иноки, напинаясь на могильные кресты. В дальнем углу, за хлебным подвалом, открывалось и вновь закрывалось огненное окно: там ковали хлебного старца Сампсона в цепи, дабы не повредил он деревьев и утвари и строений обительских, ибо мог он силою своею прободать все. А несколько выше кровель, там, где некогда повисла показанная Памвою туча, всю ночь слышался легкий, как бы от щекотания, смех и скрип некий, и капала вниз ужасная, подобная черной смоле, роса.

Встало солнце, багровое сквозь дым, и увидели: в ночь, неким чудесным изволением, расцвели все деревья и травы, широко отверзая алые и розовые, как тело, и белые, как жемчуг, чаши и источая прелестные благоухания. И повсюду -- на деревьях, и в чашах цветов, и на крестах могильных, и на решетках окон, и в сосудах для питья, и на плечах иноков -- повсюду видны были акриды, с крыльями как бы из небесной радуги, и трепетали крыльями, соединившись попарно.

Не слыша обычного заутреннего била, но вместо того -- смятение и вопль, вышел Еразм к братии и сказал:

-- Что мятетесь, братие? Не бойтесь, но возьмите из келии моей образ чудесно явившейся мне преподобной, и она, верую, исцелит вас.

И, сказав так, вновь затворился Еразм в своей келии, помня послушание, положенное на него старцем Памвою. Братия же, по слову Еразма, взяла написанный им образ Марии Египетской в житии и, водрузив образ перед вратами обители, построила над ним сень из цветов. Но лишь начали молебное пение и с надеждою вознесли свои взоры на образ, как явственно увидели пламенеющие на распростертом золотом теле четыре алых цветка -- и последний, четвертый, волею и неведением Еразма сложенный не из двух, но из трех лепестков. И внезапно обуял всех огнь страстный, и были все, юные иноки и равно древние старцы, как те мужи александрийские у дверей храмины, ждущие войти к преподобной.

И в тот же час оставленный без стражи Сампсон порвал крепкие цепи и, прободав все на пути, явился пред братией, дерзновенно, на глас четвертый, исповедуя жажду смешения. Вратарь же, услышав как бы молитвенное песнопение, открыл врата многим чаявшим войти в обитель женам и девам, и мужам мирским. И все вошли, и на травах, на чистейших доселе плитах во дворе обители, на ступенях келий, под сенью расцветших за ночь кустов -- всюду началось неслыханное. И, как ночью, вновь слышен был на высоте кровель смех как бы от щекотания и скрип, и шепот.

Но лишь один, возвратившийся от князя той страны, старец

Памва видел над обителью тучи веселящихся и плещущих крыльями бесов. И более того: никто из одоленных бесами иноков не видел гневного лица старца, ни взмахнувшего, как бич, воскрылия бровей его, и никто не слышал его громких, устыжающих слов.

Тогда уразумел старец, что на малый час победили бесы, и что пока не истребит он бесовского огня в творящем, того не ведая, соблазны юном Еразме, -- до того часа будут в обители властвовать бесы.

И вошел старец в свою келию и из своей келии -- в келию Еразма. И увидел Еразма -- единого в обители без жены возлежавшего на ложе своем. Но ланиты его были палимы невидимым огнем, и иссохшими устами пил он от неведомой ему четвертой тайны.

Затворив двери и окна, дабы не смущать сердце свое шепотами и шорохами неистовства, долго молился блаженный Памва. По молитве же сошло на него разумение, и услышал он голос как бы внутри себя, говоривший: "Спусти стрелу, и ослабнет тетива, и уже не будет более смертоносен лук". И сказал себе: "Истинно так". И вновь молился, и предстала пред ним являвшаяся Еразму дева, именовавшая себя Марией. Взял старец за руку ту деву и ввел ее в келию Еразма и сказал ему так:

-- Встань, Еразм. По милости своей вновь является тебе преподобная дева. Возьми же ее и уведай четвертую, последнюю тайну. Ибо вижу я ныне: изображающему творение -- надлежит ведать все тайны Творца.

И увидел, как совлек Еразм с нежного тела одежду и, вновь, коснувшись трех первых тайн, со стенанием погрузился в последнюю.

И погрузилось солнце в воды озера за обителью, и на невинной белой одежде стены проступило красное, как кровь, пятно. И в то же мгновение опали цветы с деревьев и трав, истлели радужные крылья акрид, истаяли бесы, как воск, и, устыженная, во тьме разошлась братия по келиям. Блаженный же Памва вышел во двор обительский и, благословив, отпустил изнеможенных жен и дев, сказав им:

-- Идите с миром, ибо ничто в мире не творится без изволения Творца, даже и грех, и все ко благу.

С того дня как бы отпали от Еразма невидимые бесовские цветы, и исцелел он от бывшего в нем одержания.

Безбоязненно отпустил его старец Памва жить с братией, и когда читал во храме Еразм -- не было уже соблазна от чтения его, когда писал он лики святых -- то писал, как все, во славу Божию, а не диавольскую. Память же о темных соблазнах бесовских, о страшных знамениях и необычайных происшествиях молитвою блаженного Памвы была истреблена, как весенний снег солнцем.

И лишь я, недостойный схимник Иннокентий, с благословления мудрого старца, записал все к назиданию и руководству игуменов нашей обители. Простым же инокам не дозволено чтение сей записи.

1920.

Детская

У капитана Круга были брови. То есть брови, конечно, были и у всех тут в клубе: брови были у блестящих, белокипенных моряков-офицеров, брови были -- очень искусные -- у мадемуазель Жорж; очень тоненькие -- у Павлы Петровны; замызганные -- у Семена Семеныча; шерстяные -- на заячьей мордочке китайца из буфета. Но никто не знал, что есть брови у офицеров, у мадемуазель Жорж, у Семена Семеныча, у китайца: знали только, что есть брови у капитана Круга.

Так он был бы, пожалуй, незаметен. Небольшого роста; бритое, медное от морского ветра, вечно запертое на замок лицо. И вдруг -- брови: две резких, прямых, угольно-черных черты -- и лицо запомнилось навеки, из всех.

В руке у капитана Круга -- неизменная сигара. Перед ним -- робкая заячья мордочка. Капитан Круг не отрывает глаз от пепла на кончике сигары.

-- Я тебе сказал -- три бутылки в "детскую" наверх. Готово?

Голос ровный, покрытый очень толстым слоем пепла, и только еле заметно надвинулись брови. Но у китайца моментально врастает голова в плечи, вздрагивает поднос в руках, бормочет: "Се-минут, се-минут",-- и мчится в буфет, а из буфета по щербатой винтовой лестнице на антресоли: там -- "детская".

Когда перебрались наверх в "детскую", все клубные уставы -- и вообще все уставы -- оставались внизу. Тут играли по рублю фишка; тут устраивали "чайный домик"; тут в белых японских с драконами обоях -- видны черные дыры от револьверных пуль.

Торопливо, задыхаясь в дыму, горят свечи; тучи табачного дыма, и нет потолка, нет стен -- просто пространство. Похоже на тихоокеанский туман, когда нет ничего -- и все есть, как во сне, и как во сне -- все нелепо и все просто.

Давно выпиты три бутылки и еще три. Играть еще не начинали: надо подождать, пока не кончится внизу. Капитан Круг медленно переводит глаза с кончика сигары на кончик туфли мадемуазель Жорж, на тонкий с золотой стрелкой чулок. Эту золотую стрелку знали все, кто видел мадемуазель Жорж на эстраде.

-- Ну что же, мадемуазель, будете сегодня отыгрываться? Не на что? Пустяки! Взаймы -- хотите?

Левая бровь у капитана Круга взведена вверх как курок,-- все ждут: ну, сейчас... Мадемуазель Жорж -- на самом краешке стула, и глаза у ней быстрые, как у птицы: может быть, сейчас клюнет крошку из рук, может быть, встрепыхнется -- и в окно.

-- А хотите так, не взаймы? Легкий птичий кивок.

-- У-гум, прекрасно... (сигара сбросила пепел). Ну что же: четвертной за каждые два вершка до колен, сто -- за каждые два вершка выше.

Щеки у мадемуазель Жорж белые от пудры, и ничего не заметно. Но уши загорелись, и красные пятна на плечах, на шее. Обводит глазами клетку из человечьих лиц -- хватается глазами, но не за что ухватиться.

Мадемуазель Жорж встряхивает локонами, улыбается -- очень весело -- и начинает подымать платье.

Пышнощекий с детскими ямочками мичман восторженно раскрыл рот и не спускает с Круга молитвенных глаз. Вдруг вытаскивает из кармана желтый складной аршинчик:

-- Круг, вот у меня есть,-- позвольте я? Ей-Богу, а? Позвольте!

Круг молча кивнул. Мичман с аршинчиком опускается на колени перед мадемуазель Жорж.

-- Четыре... Шесть... Пол-аршина... Уже белое кружево, и между черным и белым -- розовеет тело.

-- Деньги...-- Голос у мадемуазель Жорж такой, что ясно: кто-то ее схватил, держит за горло.

Капитан Круг медленно перелистывает новенькие хрусткие бумажки и передает их мадемуазель Жорж. И снова мичман с ямочками выкрикивает: "Десять! Двенадцать!"; мадемуазель Жорж улыбается все отчаянней и все отчаянней бьется глазами в клетке из лиц; капитан Круг неспешно расплачивается за каждые два вершка ..

-- Под таба-ак! -- по-волжски кричит мичман, сияя.

Мадемуазель Жорж получила все, что могла. Сунула деньги в карман, выскочила из-за стола, забилась в мышиный какой-то уголок, втиснулась в стену.

Мичман с ямочками восторженно, с обожанием глядит на брови капитана Круга.

-- Нет, откуда у вас столько деньжищ, капитан Круг? Нет, ей-

Богу, а?

Запертое на замок лицо; пауза. Брови сдвигаются в одну резкую, с размаху зачеркивающую прямую.

-- Откуда? Был пиратом -- стрелял котиков в запрещенном районе. Выгодно, но довольно опасно. А потом поставлял уголь -- вам, на военные корабли. Еще выгодней -- и совершенно безопасно. Вы, моряки -- народ отменно любезный.

Мичман закрыл рот. Беспомощно оглядывается назад, но сзади -- кто обнаружил невидимое пятно на рукаве, кто потерял спички и усиленно ищет по всем карманам.

-- Капитан Круг, вы... Я хочу сказать, что я просто...

-- Да, я слушаю. Итак -- вы просто...

Барометр летит вниз -- на бурю, но, к счастью, в дверях громкое сопенье, и из тумана -- огромная тюленья туша путейца, неизвестно почему известного под названием "Маруся". За ним -- гарнизонный отец Николай и Семен Семеныч с Павлой Петровной. У Семена Семеныча -- один погон, по обыкновению, оторван и шлепает, как туфля. Внизу -- кончилось, расходятся: кто по домам, кто сюда, в "детскую".

Капитан Круг стряхнул пепел с сигары и (пожалуй, это было уже лишнее: пепла уж не было) постучал сигарой о край пепельницы.

-- А Семен Семеныч опять со своим ангелом-хранителем? Ну, что ж, Павла Петровна, высочайше разрешите ему поиграть немного?

Павла Петровна -- как будто и не слышит. Уселась в тот самый мышиный уголок, откуда только что выскочила мадемуазель Жорж -- мадемуазель Жорж торопилась взять карты. Семен Семеныч пододвинул себе стул, вскочил со стула: "Нет, правда же, Павленька, я нынче только на полчаса. Понимаешь, надо же".

Потом торопливо перетащил стул на другой конец стола -- подальше от Круга; потрогал боковой карман; смахнул рукою невидимую пыль с лица.

-- Ну что же -- как вчера: фишка -- рубль? -- спросил Круг свою сигару.

Мичман с ямочками уже снова влюбленно глядел на сигару, на руку, на брови.

-- Ей-Богу, а? По рублю -- давайте, а? Вот это игра!

Путеец Маруся сморщился. Семен Семеныч вскочил, куда-то метнулся: "Ах, да бишь..." -- и опять сел, очень старательно. Это ничего, что по рублю: тем скорее можно отыграться. Главное, осторожно -- не волнуясь...

Но после третьей талии, как всегда, уж дрожали у Семена Семеныча руки, все чаще смахивал с лица -- и лицо все больше выцветало, все больше становилось похоже на старый дагерротип из альбома.

Альбом -- там, в уголку, на коленях у Павлы Петровны. Не глядя, перелистывает тысячу раз виденные выцветшие лица. Не глядя, видит: вокруг свечей на столе кружатся, обжигаются и опять летят на огонь ночные бабочки-совки, и странное кольцо людей сумасшедше, лихорадочно, всей силой человеческого духа молит, чтоб вышли десятка и туз -- двадцать одно. Вот опять Семен Семеныч лезет в карман за бумажником -- и видит Павла Петровна заплатку на кармане: вчера пришила заплатку на том месте, где пуговица бумажника проела сатин.

Семен Семеныч встал. Улыбнулся -- так, как улыбаются лица на дагерротипах: указательный палец заложен в золотообрезную книгу -- выдержка десять секунд. Смахнул рукою с лица:

-- У меня тут нету... Я сейчас -- внизу, в шинели...

Нет, не в шинели, а у сонного, сердитого буфетчика. Павле Петровне уже знакомо это. Буфетчик пальцем водит по книге и щелкает на счетах, как будто никакого Семена Семеныча тут вовсе и нет. А Семен Семеныч лепечет -- только чтобы не молчать, и похлопывает буфетчика по плечу с такой осторожностью, что ясно: буфетчик одет не в пиджак, а в мыльный пузырь, и тронуть чуть посильней -- все лопнет, и уйдет Семен Семеныч ни с чем.

А потом -- всё то же, что было вчера, и неделю назад, и месяц. Семен Семеныч войдет в спальню, когда по стене уже поползет бледно отпечатанный переплет окна; притворится, будто не узнает, что Павла Петровна притворяется спящей; прямо в сапогах -- на диван и до первых колес по мостовой будет ворочаться и вздыхать, а днем опять вытащит бульдог из среднего ящика и сунет в шинель, и опять тайком приберет бульдог Павла Петровна.

За столом Круг барабанил пальцами; ждали Семена Семеныча. И неожиданно для себя Павла Петровна сказала вслух то, что не вслух говорила уже целый месяц:

-- Послушайте, Круг, за что вы ненавидите Семена Семеныча?

Капитан Круг сдвинул брови, черная прямая черта резко разделила мир надвое. В нижнем мире -- капитан Круг пожал плечами.

-- Да, вы ненавидите и нарочно взвинчиваете, чтоб он проигрывал. Это подло. И если я раньше хоть не... хоть немного...

Но тут Павла Петровна остановилась: над чертой -- в верхнем мире -- промелькнула легкая дрожь, пробежала по меди до запертых на замок губ. На секунду Павле Петровне все стало ясно, все стало вырезанным из черного молнией -- и тотчас же забылось, как через секунду забывается такой как будто отчетливый сон. И уже не знала Павла Петровна, что стало ясно.

А медь -- снова была медью, и медь смеялась:

-- Вы заметили, господа: когда Семен Семеныч проигрывает, он начинает умываться, вот этак -- вроде как муха лапкой...

И помолчав немножко -- ни к тому ни к сему:

-- А мухи -- чудные очень. Помню, один раз оторвал мухе голову, а она -- ничего, без головы ползает себе -- и умывается. А чего умывать: головы нету.

Путеец Маруся сморщился от безголовой мухи, и стало видно, что он -- правда, Маруся. Отец Николай покачивал лысой, как у Николая Мирликийского, с седым венчиком, головой: может быть, Николай Мирликийский все понимал, или, может быть, Николай Мирликийский был очень пьян.

Павла Петровна через туман шла к дверям, ни на кого не глядя: потому что знала, как она ходит, и знала -- все не спускают с нее глаз.

А затем -- вернулся Семен Семеныч; по плечу шлепал, как туфля, оторванный погон. Сзади шел заячелицый китаец с бутылками.

Все гуще дым, все быстрее голоса, лица, брови, седой венчик, карты, ямочки на щеках. Пол качается, как палуба -- однажды Семен Семеныч ходил на шкуне капитана Круга, и тогда была тоже Павла Петровна, и тогда это началось...

У Семена Семеныча -- третий раз подряд черный, острый, ненавистный туз. Если б девятка -- Боже мой, если б хоть восьмерка... Еще туз: два туза, двадцать два. Всё. Семен

Семеныч умывается лапкой, покачивается. Все, что принес с собой, и всё, что было взято у буфетчика...

-- Да вы пересядьте, Семен Семеныч...-- Это, кажется, мичман, кажется, он подмигивает Кругу.-- Вы пересядьте с отцом Николаем -- и вот увидите: повезет! -- Ямочки подмигивают.

Трудно это -- встать со стула. Но встал Семен Семеныч, и медленно плывет перед ним образ Николая Мирликийского в венчике.

-- А, не-ет! С переодеванием. Нельзя, нельзя! Семен Семеныч -- в рясу! А то ишь ты! Не-ет!

Таков игрецкий обычай. И Николай Мирликийский -- в офицерской тужурке с оторванным погоном, а Семен Семеныч в рясе.

-- Не сметь смеяться! Молокосос! Убью! -- кричит Семен Семеныч мичману, весь трясется -- а может быть, и не мичману это "убью". Нет, конечно, не мичману -- и целуется с мичманом,-- Господи, какие у него милые ямочки! -- целуется с отцом Николаем.

Отца Николая сморило.

-- Послушай, за-заюшка, ты меня разбуди через полчаса: у меня в четыре заутреня,-- наказывает отец Николай китайцу.-- Меня, по-па, па-ни-маешь?

Заплетается язык -- и, должно быть, заплетаются руки: вместо своего кармана -- Николай Мирликийский сунул под столом бумажки на колени Семену Семенычу. А может быть -- вовсе не спьяну это отец Николай, и тут что-то другое.

Забыл Семен Семеныч, что он в рясе: будто не в рясе, а только что выбритый и в снежном, чуть при-крахмаленном кителе, как у мичмана, с ямочками,-- крикнул Семен Семеныч:

-- Карту!

-- Карту? А чем отвечать будете?

Да, на столе перед Семен Семенычем -- пусто. Но он берет с колен мирликийские бумажки и не глядя кидает их тому -- Кругу.

-- Тысяча... тысяча триста -- тысяча триста пятьдесят. А в банке -- девять. Не подойдет.

Семен Семеныч не видит, но слышит отчетливо резкую, черную черту. И уже нет кителя -- снова ряса.

-- У меня -- дома...-- лепечет Семен Семеныч.

-- Дома? Дома у вас только и осталась -- Павла Петровна.

Колода насмешливо щелкает в руках у Круга, на сотую долю

секунды перед Семен Семенычем мелькает туз -- сверху колоды, а под тузом, неизвестно почему, но Семен Семеныч знает это, безошибочно чувствует каждым своим волосом, каждым нервом -- под тузом десятка, и, опрокидывая рукавом рясы чей-то стакан, протягивает руку.

-- На Павлу Петровну? Идет. Выиграете -- ваш банк. А нет -- ...

Капитан Круг, конечно, шутит. Всем ясно, что он шутит. И только Семен Семеныч понимает -- еще тогда, на шкуне, он понял -- но тут сверху туз, а под тузом десятка, и сейчас он сгребет всю эту кучу -- и в карманы, и всему конец. Ах, в рясе, кажется, не бывает карманов -- ну все равно...

-- Карту!

Туз. Ага! Еще карту Двойка. Но как же двойка? Ведь Семен Семеныч ясно чувствовал там десятку -- совершенно ясно.

-- Еще одну... Десятка. Ага! Я так и знал -- туз и десятка! -- И Семен Семеныч открывает карты победоносно.

А вокруг него рушится смех, и он, засыпанный обломками, падает обратно на стул, выкарабкивается и, ничего не понимая, умывается, умывается лапкой.

-- Чудак! Да ведь двойка же еще! -- радостно, до слез, захлебывается мичман.-- Туз, да десятка, да двойка -- двадцать три. Ну, давайте по пальцам -- ну?

Все смеются, у всех зубы, одни зубы. И только -- неизвестно отчего -- плачет мадемуазель Жорж. Щеки у нее расписаны грязными ласами -- краска с бровей; на остром кончике птичьего носа -- смешная светлая капля.

И к мадемуазель Жорж, нелепо размахивая крыльями рясы, кинулся Семен Семеныч, заелозил губами па светлой капле:

-- Жоржинька... Жоржинька... Павленька... И зарывается головою все глубже, прячет голову от зубов -- одни зубы.

-- Мы с тобой... Выпей, выпей, голюбчик,-- хлюпает мадемуазель Жорж и поит его из своего стакана.

Семен Семеныч глотает соленое и потом из стакана -- колюче-сладкое. Все чаще в висках; все быстрее языки свечей, заячья мордочка, ямочки, зубы...

И вдруг -- стоп: лист белой бумаги. Краешек стола, сладкое, липкое кольцо -- след от стакана; в кольце -- муха; и рука с сигарой -- пододвигает к мухе лист белой бумаги.

-- Ну-с, пишите: "Мною, нижеподписавшимся, бывшая моя жена Павла Петровна, за сумму девять тысяч пятьсот рублей"... Теперь цифрами: девять тысяч пятьсот...

Семен Семеныч подул на муху: муха зажужжала жалобно, но взлететь не могла. Ну, пусть... Завернул рукав рясы, подписал покорно.

-- Ой, Круг, будет вам! Ой, умру, не могу больше,-- захлебнулся мичман, ямочки трясутся от смеха.

Семен Семеныч смахнул невидимую паутину с лица: Господи, ясно же -- все это шутка, ну, просто -- шутка. Розовеет выцветшая, дагерротипная улыбка, Семен Семеныч поднимает глаза. Мичман -- он совсем еще мальчик, и такие милые ямочки. И Круг... что же -- может быть, даже и Круг... Капитан Круг медленно складывает лист бумаги. Запертое на замок лицо. Резкая, черная черта бровей.

Было так, очень давно, в классе: заделанное в раме классного окна синее небо, на подоконнике -- пронзительные воробьи. И Семен Семеныч написал классное сочинение о весне -- стихами. А потом стоял около кафедры, и гусиное перо -- раз! -- черная черта через весну.

Черная черта бровей зачеркнула Семена Семеныча:

-- Ну вот -- всё в порядке. Завтра же отправлюсь получать по векселю.

Нет, это же все шутка, конечно... Это же -- конечно... Все чаще, все торопливей Семен Семеныч умывается лапкой, и какие-то слова в голове -- липкие, непослушные, непроворотные.

-- Маруся, ну хоть вы... Ведь я же знаю... Ну ради Бога, скажите, не существует же в возможности действительность... я хочу -- в действительности возможность...

-- А-а, ничего не существует! Отстаньте! -- морщится Маруся.

Окно выцветает, бледнеет, виден черный крест рамы: за окном начинается несуществующая действительность -- день, обычный, нелепый, смешной, как все дни.

Откуда-то зайчонок-китаец. Нагнулся над запрокинутым венчиком Николая Мирликийского, трясет за плечо:

-- Четыре часа. Велел будить. Вставай, четыре часа.

Голова в белом венчике покачнулась, прорезались глаза. Мутно обводит круг, потом -- на себя: тужурка, оторванный погон, такой знакомый. Ну да: Семен Семеныч. И сердито зайчонку-китайцу:

-- Ты кого это бу-будишь? Нет, ты кого будишь, а? Я тебе кого велел будить, а? -- Язык непослушный, вязкий.

-- Тебя. Церковь надо.

-- Нет, ты зачем меня будишь? Я тебе велел отца Николая, а

ты гляди -- ты кого? А?

"Детская" трясется от смеха. Зайчонок стоит растерянно: запутался. И испуганно, мутно, как дагерротипы в альбоме, глядит Семен Семеныч.

"Кто я? Я не существую. Ничего не существует".

На крышке стола перед ним, в сладком, липком кольце -- муха все еще взвизгивает и тщетно пытается взлететь вверх.

1920

Куны

Все выше взымает солнце, все беспощадней. Вороха лучей насыпаны в ржаном поле -- рожь стоит золотая, жаркая и тихонько, матерински-довольно колышет колосья. Яблоки в садах стали темно-желтыми и качаются, каждый миг готовые отдать кому-то свою сладость. В поповом саду погасли все нежные весенние цветы, горят только красные спелые пионы и пьяные маки. За Куйманским лесом пруд весь зарос темной зеленью, из пруда по ночам выходят русалки и напролет до утра, заломивши руки, тоскуют на берегу; уж поздно, отошло их время, прошла Русалочья неделя, не успели залучить себе парня, девушками останутся еще на целый год. Одна надежда на Ильинские куны: закружатся парни в кунных кругах, завихрят их девки, запутает в серебряную паутину паук-месяц: может, попадет какой по ошибке в русалочий хоровод...

Ильин день -- престол в Куймани, ярмарка. Всю ночь скрипят колеса мимо лабаза по крутому взволоку. Лабаз открылся с самого рассвета; желтый, лысый, вышел лабазник Аверьян на порог, ухмыльнулся: телег кругом -- сила, как стан татарский заполонили весь базар, торчат вверх оглобли, лошади машут хребтюгами с кормом, руки выплескиваются и опять ныряют вниз рыбой.

Увидали Аверьяна, огарнули: кому деготьку, кому шорного товара, кому жамок, кому аспидную доску -- ребятенкам на забаву.

И только, было, руки -- целые веники из корявых рук с деньгами -- встопорщились перед Аверьяном на прилавке, как уж и закрывать надо: вдарили к обедне.

С сердцем перекрестился Аверьян:

-- Ах, ешь твою... Мать Пресвятая Богородица...

Очистил нос направо и налево, застегнул пиджак и лицо -- будто застегнутое двунадесятое стало лицо -- и пошел в церковь.

За обедней жара, чуть не гаснут свечи, однако же парни в поддевках и в новых резиновых калошах: что поделаешь, дело молодое, всякому покрасоваться лестно.

Ребята вьются, шныряют где-то под ногами, получают подзатыльники, хнычут и, глядишь, опять уж хихикают, неслухи, опять невесть что выкомаривают.

Девки, чинные, дивуются -- ведомо на что. Первое -- на коровинских баб: бог весть каким чудом уберегли коровинские весь старый наряд и строго его блюдут. Все вместе, островом, стоят в церкви, важные и чудные, и не наши какие-то. Повойники от матерей, от бабок достались, пронизаны серебряной монетой; убрусы шелковые накрахмалены -- рогами стоят над головой; поневы нарядны -- домотканые, синие, с красной ластовицей, с бахромкой, с узором.

А на другое дивуются девки -- на Марьку. Запевала, певунья наша, что с ней сталось! Первая затейница да задорница, и в церкви-то, бывало, на нее угомона нет, а нынче стоит, не шелохнется, у Спасова образа, глаз не сводит. На белом плате -- Нерукотворный Лик, светлокудрый, глаза не поднятые. И молится Ему с жаркой любовью и с ненавистью. И это Его голос из алтаря, повелевающий всем преклонить голову, -- и так радостно преклонить перед Ним голову. И это Он в золотых ризах с крестом на амвоне...

Целует Марька холодную медь креста, потом -- руку. И такие у ней губы -- жадные, сухие, раскрытые, как трещина в бездорожной земле. Рука отдергивается, с дерзкой надеждой Марька поднимает глаза вверх. Но там все тот же на белом плате Нерукотворный Лик.

И вот кончилось, хлынули.

На паперти обступили Марьку. Пестрые, красные, солнечные, говорливые.

-- Да неужто же не пойдешь, Марька? Как же мы без Марьки! Уж без Марьки какие же куны?

Звонит веселый колокол. Звонит солнце. Растормошили, отступило что-то назад, проснулась Марька. Кому-то в ответ хочется сделать злое и сладкое, подмигнула плечами и пошла, припечатывая каблуками. Через два шага в третий: эх-эх да эх.

-- Постой, постой, на паперти, что ты!

Куда там... за ней -- заметелились -- подняли кулеберду по всему по селу, докатились вихрем до самой ярмарки. Солнце между скученных оглобель лошади с вымоченными квасом и расчесанными гривами, и нечесаные, как лешие, цыгане около них; берестяные коробки, глиняные свистульки, маковники, неистовые поросята в торбах, бабы -- беременные с ребятами на руках.

Какая-то развытная девка свистнула пригоршню жамок в ларьке -- и рады все, заливаются: дороже им эти жамки, чем купленные. Завертели по дороге пьяненького дядю, потащили, как русалки, щиплют, хохочут.

Только завернули за Аверьянов лабаз -- вот они, парни, ватагой табунят по улице. И уж конечно: верховодит не кто иной -- Яшка Гребенщиков, кузнец.

Звонит колокол, звонит солнце. Но все где-то далеко, во сне: церковь, ярмарка, Куймань, гомон, пыль, расписные дуги, синие цыганские жупаны, топот, свист. А жизнь, неспешная, древняя, мерным круговоротом колдующая, как солнце, -- здесь на выгоне.

По-над озером, в сторонке, водят свой хоровод девушки-вековуши, все в темных платочках -- так уж заведено. Тихонько поют, медленно кружатся в сторонке -- тут, под солнцем, такие какие-то слепые, ненужные, умершие. Но так уж заведено. Им свой положен удел -- вечным девушкам.

Отпелись вековушки, погасли.

Медленно, еще разрумяненные, вышли на выгон молодые девки и немужние жены -- солдатки, все в красных платках, такой уж обычай. Схватились крепким кругом -- крепким частоколом оборонились от желанных врагов, от погубителей милых.

Посредине кунного города -- ходит гордая царевна Марь-ка: куны налево, Марька направо. Поет царевна звонкую насмешливую песню, закидывает хитрые сети:

Как за городом живут вороги,
Золотой казны у них ворохи,
Нет у ворогов военной головы...

Да ой ли так, разве уж нет?

В "ихнем" стане, у старой лозины, -- зашевелились, загорелись; смех, визгнула гармоника.

-- Яша Гребенщиков, кому же еще? Он самый! Яшу повеличаем!

Румяный, крепкий, как яблоко боровинка, встряхивает Яша

стриженными под польку волосами, идет. Стал на полдороге, отдал поклон.

А Марька, откидывая голову, отдаваясь солнцу, -- эх, все равно! -- уж новую запела песню. Эх, быстрее, девки, эх, жарче: вороги близко.

У нас в городе царевна, царевна,
По-за городом царев сын, царев сын...

Вот он подошел, подбоченился. Брови крутые, губы -- пион. Эх, не одну погубил, лютый...

Веселой, жаркой злобой напружилось сердце у Марьки. К кому? К Яше? Нет. Что ей Яшка Гребенщиков. Так к кому же? Не скажет о том ни вчерашняя ночь, ни Спасов на плате лик, ни вздрогнувший в руке медный крест.

...Он из тысячи любую выбирает,
Он и белыим платочком махает...

Все быстрее кружится солнце, травы и деревья расплываются в жарком дурмане, мелькают по зелени пестрые платья, почти бежит кунный круг.

Эх, жисть, отопрись...

Разорвался кунный город против Яши, стал.

Вот она, царевна наша, бери -- отдают, лукаво-покорные.

Быстро поднимается высокая грудь у царевны, и под тонкой красной кофтой -- два острых жала -- справа и слева.

Опущены веки, но видит, какое вино у Яши в глазах.

Эх, потешиться хоть над этим, замучить, защекотать по-русалочьи -- все равно, кто ни попадись по дороге...

Звонит где-то далеко колокол, звонит солнце, кружится голова, поредел кунный круг, пыльно-зеленые сосны сейчас сорвутся с места и ринутся на горячую траву...

Опять Яша да Марька посредине. Кругом него ходит избоченясь Марька, дразнит раскрытыми губами, обжигает плечом -- и уж далеко, а он с протянутой рукой стоит, жалкий, измученный.

Сидят под кустами по двое и идут к Куймани, по пыльной дороге, обнявшись, по двое, усталые, ласковые.

-- Глянь-ко, -- говорит Яша, -- а ты не велишь, не хочешь.

-- Погоди до ночи, -- Марька хмурится: "Ах, если бы не Яшка это сказал".

Угарный жаркий день к концу. Тянутся обратно телеги, задешево продают купцы последние платки, коробушки и пряники-козули. Уж на задах где-то, за огородами, курлыкают и бормочут пьяные дяди -- никак не найдут избы. Запыленное, разомлевшее солнце качается на самом краю синей чаши и устало смотрит налитым кровью глазом. Дергачи перебегают в душной траве и просят пить, пить.

Да нет ни капли. Хоть бы одна на смех, одна какая-нибудь дождинка.

Ночь. Темное небо, увешанное тяжелыми, горячими звездами.

Пономарь Африканыч, дылда с колокольню -- ночью еще выше в рыжей шляпе -- добрался-таки до своей завалинки, плюхнулся, смотрит в небо. Да, все пошло не по-человечьи -- где же видано, чтобы Ильин день без дождя.

Спешит Марька на кунный выгон. Усмехнулась Африканычу: нализался дядя! Эх!

-- Сама ты эх! Развытная больно! Плясавица. Из-за вас этаких Илья и дождя не дает. Куда? Али на русалочий хоровод?

Покачиваясь, поплелся за ней. Потерял колею из-под ног, чуть не свалился в Куйманский лог, шел по целине. Да ведь что втемяшится пьяному в башку -- ничем не вышибешь: разыскать Марьку, а то погубит себя девка. А девка-то какая: я те дам -- девка-то, во!

Лежал, споткнувшись. Трава под лицом, пришлепала лягушка. Ах ты, лягва, старуха! Ах, старуха! Похлопал приятельски по спине. Да холодная какая, черт! С нами Бог, разумейте...

Протрезвел как будто. Опять брел наобум лазаря, брел. Донесло-таки. Пруд, пьяные кузнечики орут песни; не то туман белый над-под горой -- не то русалки повели свои бесстыдные куны.

Через выгон идут две тени, вытягиваются, все длиннее. Голос Марькин, ей-богу, ее смех злючий, как у русалки. А парень просит. Да, попроси-ка, они тебя поводят, покажут, жилочки все повытянут, и разве тогда уж...

Две длинные тени, обнявшись, скользят по выгону. Но где ж

человеки-то сами? Хоть убей -- не видать.

Смыкаются усталые глаза, засыпает Африканыч. Две тени молча садятся у старой ветлы, на валу, на остатках старого городища, бог весть какого старого.

Царевна и царев сын.

Царевна смеется и говорит цареву сыну: "Винишься передо мною, винишься, больше не будешь. Ну, ложись, лежи тут, а я на тебя ноги поставлю, нишкни. Будешь тихонько, ну тогда, может быть..."

И долго сидит так. А потом качает царевна головой и плачет тихонько и все громче.

Вскакивает царев сын и засыпает ее поцелуями, как свадебным хмелем.

-- Да как ты смеешь! -- кричит шепотом царевна. -- Да ты знаешь, о чем я? Я тебе велела тихо лежать, а ты что! Уходи, и смотреть на тебя не хочу!

* * *

Пустеет кунный луг. Смело выходят русалки и до утра, заломивши руки, тоскуют на деревьях, кличут, плачут малыми ребятами -- быть им в девушках еще целый год.

Но никто не идет. Позаснули все в Куймани.

Медленным чародейным хороводом обходят вокруг ветхих избушек летние сны и все позволяют. Жаркое девичье тело, белея, раскидывается в темноте и отдается -- кому хочет: все можно во сне.

Сладким медленным хороводом плывут летние сны, а к утру белыми хлопьями собираются над озером, из белого свивается прозрачная девушка, и около нее цветы молчат и птицы. Смотрит она утренними глазами на чуть мигающий золотом крест колокольни, медленно поднимается вверх и розовеет от подслушанных ночью снов.

Эх, сны! Милый, безумный мир -- единственный, где люди свободны.

Десятиминутная драма

Трамвай No 4, с двумя желтыми глазами, несся сквозь холод, ветер, тьму вдоль замерзшей Невы. Внутри вагона было светло. Две розовые комсомолки спорили о Троцком. Дама контрабандой везла в корзинке щенка. Кондуктор тихо беседовал с бывшим старичком о Боге. Кроме автора, никто из присутствующих не подозревал, что сейчас они станут действующими лицами в моем рассказе, с волнением ожидающими развязки десятиминутной трамвайной драмы.

Действие открылось возгласом кондуктора:

-- Благовещенская площадь, -- по-новому площадь Труда!

Этот возглас был прологом к драме, в нем уже были налицо необходимые данные для трагического конфликта: с одной стороны -- труд, с другой стороны -- нетрудовой элемент в виде архангела Гавриила, явившегося деве Марии.

Кондуктор открыл дверь, и в вагон вошел очаровательный молодой человек с нумером московских "Известий" в руках. Молодой человек сел напротив меня, старательно подтянул на коленях нежнейшие гриперлевые брюки и поправил на носу очки.

Очки, разумеется, были круглые, американские, с двумя оглоблями, заложенными за уши. В этой упряжи одни, как известно, становятся похожими на доктора Фауста, другие -- на беговых жеребцов. Молодой человек принадлежал к последней категории. Он нетерпеливо бил в пол лакированным копытом ботинка; ему надо вовремя, точно попасть на Васильевский остров к полудеве Марии, а кондуктор все еще задерживал на остановке вагон и не давал звонка. Впрочем, кондуктора нельзя винить: не мог же он отправить вагон, пока там не появится второй элемент, необходимый для драматического конфликта.

И наконец он появился. Он вошел, утвердил на полу свои огромные валеные сапоги и крепко ухватился за вагонный ремень. Ни для кого, кроме него, не ощутимое землетрясение колыхало под его ногами, он покачивался. Покачиваясь, плыл перед ним чудесный мир: две розовые комсомолки, замечательный щенок...

-- Тютька, тютька... Тютёчек ты мой!

Он нагнулся -- погладить щенка, но невидимое землетрясение подкосило его, и он плюхнулся на скамью рядом со мной, как раз напротив лакированного молодого человека.

-- Н-ну... Н-ну, и выпил... Ну, и что ж? -- сказал он. -- Им-мею полное право, да! Потому -- вот они мозоли, вот, глядите!

Он продемонстрировал трамвайной аудитории свои ладони и тем избавил меня от необходимости объяснить его социальное происхождение: оно и так очевидно. И, очевидно, не случайно, волею судьбы и моей, они были посажены друг против друга: мой сосед в валенках и лакированный человек.

Очки у молодого человека блестели. И блестели зубы у моего соседа -- белые, красивые -- от ржаного хлеба, от мороза, от широкой улыбки. Покачиваясь, он путешествовал улыбкой по лицам, он проплыл мимо розовых комсомолок, кондуктора, дамы со щенком -- и остановился, привлеченный блеском американских очков. Молодой человек почувствовал на себе взгляд, он беспокойно зашевелился в оглоблях очков. Белые зубы моего соседа улыбались все шире, шире -- и наконец в полном восторге, он воскликнул:

-- О! Ну, до чего хорош! Штаны-то, штаны-то какие... красота! А очки... Очки-то, глядите, братцы мои! Ну, и хорош! Милый ты мой!

Комсомолки фыркнули. Молодой человек покраснел, рванулся в своей упряжи, но сейчас же вспомнил, что ему, архангелу с Благовещенской площади, не подобает связываться с каким-то пьяным мастеровым. Он затаил дыхание и нагнул оглобли своих очков над газетой.

Мастеровой, не отрываясь, глядел в его очки. Вселенная, покачиваясь, плыла перед ним. Земля в нем совершила полный оборот в течение секунды, солнце заходило -- и вот оно уже зашло, белые зубы потемнели. На лице была ночь.

-- А и бить же мы вас, сукиных детей, будем... эх! -- вдруг сказал он, вставая. -- Ты кто, а? Ты член капитала, вот ты кто, да! Будто газету читаешь, будто я тебе не шущест-вую! А вот как возьму, трахну тебе по очкам, так узнаешь, которые шуществуют!

Газета на коленях у прекрасного молодого человека трепетала. Он понял, что его василеостровское счастье погибло: в синяках, окровавленному -- нельзя же ему будет предстать перед своей Марией. Двадцать пар глаз, ни на секунду не отрываясь, следили за развитием приближающейся к развязке драмы.

Мастеровой подошел к молодому человеку, вынул руку из кармана...

Здесь, по законам драматургии, нужна была пауза -- чтобы нервы у зрителей натянулись, как струна. Эту паузу заполнил кондуктор: он торопился к месту действия, чтобы выполнить свой долг христианина и главы пассажиров. Он схватил мастерового за рукав:

-- Гражданин, гражданин! Полегче! Тут не полагается!

-- Ты... ты лучше не лезь! Не лезь, говорю! -- угрожающе буркнул мастеровой.

Кондуктор поспешно отступил к дверям и замер. Трамвай остановился.

-- Большой проспект... ныне проспект Пролетарской Победы! -- пробормотал кондуктор, робко открывая дверь.

-- Большой Проспект? Мне тут слезать надо. Ну, не-ет, я еще не слезу! Я останусь!

Мастеровой нагнулся к американским очкам. Было ясно, что он не уйдет, пока драма не разрешится какой-нибудь катастрофой.

Слышно было взволнованное, частое дыхание комсомолок. Дама, обняв корзину с щенком, прижалась в угол. "Известия" трепетали на гриперлевых брюках.

-- Ну-ка! Ты! Подними-ка личико! -- сказал мастеровой. Прекрасный молодой человек растерянно, покорно поднял запряженное в очки лицо, глаза его под стеклами замигали. Трамвай все еще стоял. У окаменевшего кондуктора не было силы протянуть руку к звонку. Мастеровой шаркнул огромными валенками и поднял руку над "членом капитала".

-- Ну, -- сказал он, -- я слезу и, может, никогда тебя больше не увижу. А на прощанье -- я тебя сейчас...

Кондуктор, затаив дыхание и предчувствуя развязку, протянул руку к звонку.

-- Стой! Не смей! - крикнул мастеровой. -- Дай кончить! Кондуктор снова окаменел. Мастеровой покачался секунду, как будто прицеливаясь, -- и закончил фразу:

-- На прощанье... Красавчик ты мой -- дай я тебя поцелую!

Он облапил растерянного молодого человека, чмокнул его в губы -- и вышел.

Секундная пауза -- потом взрыв: трамвайная аудитория надрывалась от хохота, трамвай грохотал по рельсам все дальше -- сквозь ветер, тьму, вдоль замерзшей Невы.

1929

Часы

В этом рассказе не появляются на сцене никакие в Бозе почившие высокие особы. Мой скромный герой Семен Зайцер - или, если угодно, товарищ Зайцер - благополучно здравствует по сей день и проживает все там же, в доме N 7 по Караванной улице в Ленинграде. И тем не менее - это рассказ исторический, ибо описываемые здесь происшествия случились в ту романтическую эпоху, когда время в России считалось еще на года, а не на пятилетки, когда водка была объявлена буржуазным ядом и жаждущие забвения пили одеколон, когда в синей морозной пустыне петербургских улиц всю ночь щелкали выстрелы, когда веселые бандиты отпускали домой прохожих в одном воротничке и галстуке, когда лучшим подарком любимой девушке был перевязанный ленточкой фунт сахару, когда всего за один воз дров товарищ Зайцер приобрел свои знаменитые золотые часы.

Зайцер был великий человек: он заведовал заготовкой дров для замерзающего Петербурга, он подписывал дровяные ордера, он согревал людей, как солнце, - круглый, рыжий, сияющий. И если вы осмеливались когда-нибудь смотреть на солнце, вы заметили, вероятно, что у него не только сияющий, но как бы несколько ошеломленный своим собственным сиянием вид. Именно такое самоудивление было на лице товарища Зайцера: брови у него всегда были выразительно вздернуты вверх, как будто он до сих пор никак не мог поверить, что он, Зайцер, вчерашний портновский подмастерье в городе Пинске, сидит теперь в собственном служебном кабинете, что в его распоряжении находится секретарша Верочка, что у него в жилетном кармане лежат золотые часы, что...

Впрочем, раскроем лучше все карты сразу и, не тратя драгоценных строк, скажем прямо, что вышеупомянутый фунт сахару с розовой ленточкой был преподнесен именно товарищем Зайцером секретарше Верочке и что золотые часы были им приобретены тоже ради Верочки - в качестве противоядия серебряному кавказскому поясу, на днях появившемуся на тонкой талии товарища Кубаса, секретаря коммунистической ячейки и редактора стенной газеты в зайцерском учреждении.

Но Верочка - увы! - не замечала знаменитых золотых часов. Товарищ Зайцер уже несколько раз щелкал крышкой, он положил часы перед собой на груду бумаг, а Верочка по-прежнему рассеянно смотрела в окно на медленные хлопья снега. Товарищ Зайцер наконец не выдержал и сказал:

- Слушайте, товарищ Верочка, вы видели такие часы, а? Так я вам скажу, что вы - нет, не видели!

Он сверкнул в воздухе часами, сунул их в жилетный карман - и Верочка сейчас же услышала как бы исходившую из недр самого Зайцера нежнейшую фейную музыку и затем серебряный звон: девять. Верочка широко открыла глаза (они были синие). Зайцер, сияя, объяснил, что стоит только незаметно нажать в часах "вот здесь, на ихний, так сказать, животик, - и вы уже имеете и музыку, и время!" Верочке сейчас же захотелось попробовать самой - можно? Боже мой, ну что за вопрос! Ну, конечно!

Верочка подошла к товарищу Зайцеру. Она стала нащупывать рукой скрытую в его груди (точнее - в жилетном кармане) музыку. Совсем близко перед глазами Зайцера была ее шея, ее обнаженная до локтя рука. Верочка была вся чуть позолочена, она вся была покрыта тонким золотым пушком, она была слегка меховая - и может быть, именно это-то в ней и было то самое, что могло свести с ума хоть кого. Когда Верочка нашла наконец часы и надавила на них рукой, это было так, как будто она тихонько сжала в руке сердце товарища Зайцера. Его пойманное сердце забилось, он решил: как только часы кончат свою музыку - он немедленно скажет Верочке то, что он давно уже хотел сказать, но все никак не мог набраться храбрости.

Очень вероятно, что он и в самом деле сказал бы, если бы в этот момент в кабинет не вошел товарищ Кубас. Верочка, покраснев, выпрямилась, Зайцер зашуршал бумагами, ядовитый змеиный хвостик улыбки мелькнул и спрятался в углу губ товарища Кубаса. Он нарочно помедлил секунду и затем подсушенным официальным тоном заявил, что товарищ Вера должна быть сегодня откомандирована для составления очередного номера стенной газеты. Зайцер приветливо улыбнулся:

- Дорогой товарищ Кубас, вы же забываете, что сегодня

вечером у нас заседание и я должен продиктовать моей (подчеркнуто) секретарше доклад о весенней кампании по заготовке дров. Товарищ Вера, принесите сюда свою пишущую машинку, я вас прошу...

Верочка вышла. Снимая чехол с машинки, она слышала сквозь дверь кабинета, как голоса там становились все громче, как они поднялись до крика. "Без нее я не могу выпустить стенгазету! Вы срываете работу по политическому воспитанию трудящихся!" - кричал Кубас. "А вы суете свою палку в колесо отопления красной столицы!" - кричал Зайцер. Верочка знала, что именно от нее зависит политическое воспитание трудящихся и отопление красной столицы. Но она до сих пор не могла понять своего сердца: кто - товарищ Зайцер или товарищ Кубас? Зайцер - уютный и теплый, у него дрова и часы и квартира (не комната, а целая квартира!). У Кубаса - перетянутая серебряным поясом тонкая талия, у него острые птичьи глаза, с ним страшновато, но... Что "но", Верочке было неясно. Ясно было только одно, что срок пришел, что если не сейчас - там, в кабинете, то сегодня вечером, ночью, завтра утром все должно было наконец как-то разрешиться. Но как? Как - чтобы не пришлось потом жалеть о сделанной ошибке? Верочка вздохнула, своими пушистыми руками осторожно подняла тяжелую, как судьба, машинку и понесла ее навстречу роковым решениям в кабинет.

- Сидите, прошу вас, - сказал Верочке Зайцер. - Я сейчас буду вам диктовать.

- Ах, так? Очень хорошо! - товарищ Кубас клюнул Зай-цера глазами и вышел.

Верочка положила руки на клавиши. В тишине было слышно, как тяжело дышал Зайцер. Он смотрел на ее руки... За окном падал пушистый снег.

- Да... Так вот, значит, - весна, - сказал Зайцер.

- Весна? - удивилась Верочка.

- Если я говорю, что весна, то, значит, - да, весна. Пишите: "К началу нашей весенней кампании..."

Товарищ Зайцер, наперекор стихиям, был прав. Вы думаете, что весна - это розовое, голубое и соловьи? Сентиментальный предрассудок! На снежной поляне два вчера еще пасшихся рядом оленя вдруг кидаются один на другого из-за оленьей девушки - это весна. Вчера еще смирные, как олени, люди сегодня становятся героями и окрашивают снег своей кровью - это весна. Цвет весны не голубой, не розовый, а красный - опасности, страсти, лихорадки, сражения.

Вечернее заседание в зайцеровском кабинете было сражением, вернее, поединком. Верочка лихорадочно стенографировала выстрелы - иначе нельзя было назвать реплики, которыми обменивались противники. Каждый пункт в докладе Зайцера Кубас осыпал двадцатидюймовыми цитатами из Ленина. Каждый куб дров становился чем-то вроде знаменитого "дома паромщика" в марнских боях.

- Слушайте, товарищ Кубас, этак мы и к утру не кончим! - не выдержал председатель.

Чтобы не компрометировать себя капиталистическим блеском золота, Зайцер еще в начале заседания положил свои часы в ящик письменного стола. Теперь он незаметно выдвинул ящик, взглянул: двенадцать. Уже замолкли звонки последних трамваев, уже вышли на промысел ночные бандиты, когда наконец началась баллотировка. Верочка в лихорадке подсчитывала голоса: она знала, что голосуются не кубические метры дров, но человеческие сердца.

Десять голосов против одного. Этот один, разбитый наголову, туго стянув свой серебряный кавказский пояс, ушел, не прощаясь ни с кем. И, разумеется, счастливый победитель - Зайцер отправился провожать Верочку домой.

Чуть сияющие снегом ущелья улиц были темны и пусты: нигде ни души, ни единого огонька в черных окнах. Если бы товарищ Зайцер был теперь в этой пустыне один, он, может быть, шел бы на цыпочках, чтобы не было слышно скрипа его сапог на снегу, он, вероятно, шарахнулся бы от первого встречного в сторону, он, конечно, пустился бы бежать во всю прыть. Но сейчас, когда где-то впереди мелькнул выстрел и теплая рука Верочки вздрогнула в его руке, Зайцер только засмеялся:

- Ну и что? Пусть себе стреляют, я же с вами.

Это был новый, героический Зайцер. Этому Зайцеру даже хотелось, чтобы случилось что-нибудь страшное, он ничего не боялся. Кроме только одного: предстоящего сейчас объяснения с Верочкой. Боже мой... как, с чего начать? Начать - это страшнее всего.

Зайцер неистово крутил пуговицу своего пальто, как будто она-то и мешала ему раскрыть рот. Пуговица наконец оторвалась, Зайцер заговорил:

- Я вам хочу сказать, Верочка, одну вещь...

"Вот оно!" Верочкина рука вздрогнула, как недавно от выстрела.

- Какую вещь? - спросила Верочка, хотя она и отлично знала - какую.

- У моей мамаши - кошка вчера окотилась, - выпалил Зайцер.

Верочка в полном недоумении посмотрела на Зайцера. Зажмурив глаза, он продолжал умиленным, теплым голосом:

- ...Знаете, лежит и себе поет, и семеро котят. И я смотрю и говорю: "Ой, Семен, ты тоже мог бы петь, как эта счастливая семейная кошка..."

По-видимому, Верочка слишком живо вообразила товарища Зайцера в счастливом положении семейной кошки: ямочка на правой щеке у ней задрожала, она закрыла рот рукой. Зайцер увидел это и понял: она сейчас вслух засмеется - и тогда погибло все... Он в ужасе ждал этого смеха, как в романах Толстого герои ждут взрыва крутящейся бомбы.

И вдруг он почувствовал, что пальцы Верочки крепко стиснули его руку, она вся прижалась к нему. Зайцеру захотелось неистово закричать от счастья. Он нагнулся к Верочке ближе...

- Да смотрите же! - испуганно шепнула ему Верочка.

Тогда Зайцер увидел: с противоположной стороны улицы наперерез им быстро шел высокий человек в военной шинели без погон. Одну секунду, не больше, существовал прежний Зайцер, попятившийся назад. Но тотчас же новый, героический Зайцер скомандовал Верочке: "Прячьтесь в подъезд!" - шагнул навстречу бандиту и, заняв позицию недалеко от проглотившего Верочку темного подъезда, остановился. Зайцер весь дрожал, но это не был страх: так, бурля, дрожит паровой котел, напряженный до предела своих пятнадцати атмосфер.

Человек в военной шинели подошел и тоже остановился. Страшная бесконечная пауза. Зайцер не мог больше ждать. Пересохшим голосом он сказал:

- Ну, и что?

Держа руку в кармане (револьвер!), человек молчал. Зайцер успел схватить глазами наглые, как у кайзера Вильгельма, усы и очень белые, крепкие зубы.

Человек молчал, явно издеваясь: это для Зайцера было ясно.

И еще яснее это стало, когда усы зашевелились и хрипло спросили:

- Спички есть?

Зайцер кипел, ему хотелось сразу же кинуться, ударить, но он принял вызов, он притворился, что поверил в спички, он достал коробок, зажег. Человек нагнулся к Зайцеру совсем вплотную, бесцеремонно взял его рукою за борт пальто, отогнул - чтобы ветром не задуло зажженную спичку, закурил. Зайцер увидел: на пальце человека блеснул перстень (снятый с кого-то, может быть, в эту же ночь). Зайцер почувствовал легкое, едва заметное прикосновение чужой руки. Он хотел уже потушить спичку, чтобы не видеть издевательски шевелящихся усов, как вдруг в красноватом пламени спички перед Зайцером проплыли в воздухе... золотые часы.

Потребовалась какая-то доля секунды, чтобы Зайцеру стала ясна вся механика проделанного бандитом трюка с закуриванием папиросы. И еще доля секунды, чтобы схватиться за свой жилетный карман: часов там уже не было. Сердце у Зайцера бешено забилось, он бросил еще горящую спичку прямо в лицо грабителя, выхватил у него свои часы и дико заорал (он никогда не думал, что у него может быть такой голос):

- Руки вверх! Застрелю! - и сунул руку в карман своего пальто.

Этот жест был так решителен, отпор был так неожидан, что бандит поднял руки вверх, а затем, не дожидаясь, пока Зайцер выстрелит, согнулся и, делая петли, побежал в темноту за углом.

Зайцер вынул из пальто платок (никакого револьвера, конечно, у него там не было) и вытер пот. Он еще весь дрожал, когда к нему подбежала бледная Верочка.

- Что? Что? - схватила она его за руку.

- Ничего. Вот... - Зайцер встряхнул на ладони отвоеванные часы. - Негодяй! Он их уже вытащил, вы понимаете? Но он-таки серьезно ошибся со мной.

- Но как же вы не боялись, что он... Нет, я даже не думала, что вы - такой! - глаза у Верочки восторженно блестели.

- Я вам скажу, Верочка, что если бы он даже выстрелил, то мне это все равно, потому что я сейчас как сумасшедший, потому что я вас... Ой, боже мой, вы же, Верочка, знаете!

Верочка, блестя глазами, молчала. Но там, внизу, в темноте,

рука Верочки, ласкаясь, как кошка, медленно вползла в рукав Зайцера, его ладони коснулась кисть, покрытая невыносимым пушком. Сердце Зайцера оторвалось, как от ветки сладкое, спелое яблоко, и упало вниз.

- Ну, и что же вы молчите? Я же не могу больше! - крикнул Зайцер.

- Я вам лучше скажу завтра утром, хорошо?

Но Верочкины глаза и легкое движение ее руки все сказали Зайцеру уже сейчас... На утро осталась, по-видимому, только банальная счастливая развязка. Впрочем, не правильнее ли будет сказать, что банальной из зависти называют ее те, кому не дано судьбой чувствовать весну в любое время года.

Неизвестно, спал ли товарищ Зайцер в эту весеннюю снежную ночь (едва ли). Неизвестно, спала ли Верочка (может быть). Но наутро к приходу товарища Зайцера все в его учреждении уже знали, что он - герой. Когда наконец он появился, его окружили, его засыпали вопросами, поздравлениями, улыбками. Не останавливаясь, пробормотав что-то неясное, Зайцер устремился в свой кабинет. Странно, но вид у него был совершенно не соответствующий его геройскому положению: он был растерян, бледен. Может быть, это было результатом бессонной ночи, может быть, он слишком волновался в ожидании встречи с Верочкой и ее обещанного ответа. Еще страннее было, что, вбежав в свой кабинет, он только испуганно, боком взглянул на Верочку, кивнул ей и сейчас же кинулся к письменному столу. Торопливо расстегнув пиджак, он вынул свои золотые часы, бросил их на груду бумаг, выдвинул ящик стола - и, нагнувшись над ним, застыл. Брови его были подняты до крайнего, допускаемого природой, предела.

- Что случилось? - испуганно подбежала к нему Верочка.

- Что случилось? - чужим голосом сказал Зайцер. - Вот что случилось!

Из ящика письменного стола он достал и рядом с золотыми часами положил... золотые часы. Верочка круглыми глазами смотрела, ничего не понимая.

- Так я же его ограбил - этого негодяя! - в отчаянии закричал Зайцер. - Вот же мои часы, они себе лежали здесь, а тот подлый бандит имел свои часы, вы поняли, да?

Верочка поняла. Зайцер увидел, как задрожала ямочка на ее правой щеке. Она отвернулась. Какой-то странный звук, похожий на задушенное рыдание, через секунду - взрывы неистового, неудержимого смеха - и Верочка стремглав вылетела в дверь.

Вероятно, она упала там, корчась, задыхаясь, на первый попавшийся стул. Из кабинета было слышно, как она сказала, вернее, крикнула что-то столпившимся около нее сослуживцам - и следом за тем стихийная катастрофа хохота, перекидываясь из комнаты в комнату, из этажа в этаж, охватила все учреждение товарища Зайцера.

Засунув пальцы в волосы, он сидел один в кабинете. Перед ним лежало двое золотых часов. Когда скрипнула дверь и в кабинет просунулась чья-то голова, Зайцер, не поднимая глаз, пробормотал:

- Я сейчас занят. Завтра...

Больше уж никто не рисковал к нему войти - и меньше всех Верочка: она знала, что, как только она его увидит - она не вытерпит и опять засмеется ему в лицо.

Когда в учреждении затихли последние шаги, захлопнулись последние двери, Зайцер встал, сунул в карман свои (настоящие свои) часы, подошел к столику, на котором стояла прикрытая чехлом Верочкина машинка. Горькими глазами он посмотрел на ее пустой стул, прижал руки к сердцу. Рядом с сердцем помещались часы - и эти проклятые, погубившие его часы заиграли свою музыку. Зайцер яростно надавил рукой, чтобы музыка перестала, в часах что-то хрустнуло - они замолчали.

Пустые, обезлюдевшие комнаты, лестница, вестибюль. На стене в вестибюле Зайцер увидел экстренный номер стенгазеты, выпущенный сегодня Кубасом (и может быть, Верочка ему помогала). Там был изображен маленький смешной человечек с свирепо вздернутыми бровями, в каждой руке у него были огромные часы. Внизу была крупная подпись: "Руки вверх!"

Зайцер поспешно отвернулся и вышел, навсегда, из своего учреждения, из сердца Верочки, из этого рассказа.

1934

Видение

Водка была особенная, настоянная на щепотке чая с маленьким кусочком сахара. Иванов и Куколь поспорили, кто больше может выпить. Соседи стали подзадоривать, считать рюмки. Потом все забыли о них, но они уже вошли в азарт, ни один не хотел уступить. Они пили со злостью, упрямо, и каждый старался показать другому, что он трезв.

У Куколя очки сползли на нос, его мягкие лошадиные губы стали мокрыми. На меховом, заросшем бородой до глаз лице Иванова ничего не было заметно, но в голове у него стучала какая-то сумасшедшая кузница. Сквозь табачные облака он увидел беззубого маленького человека, который сидел на буфете под самым потолком, кричал, что он воробей, и вил себе гнездо из газет.

Иванов никак не мог понять, мерещится ему это или на самом деле кто-то забрался на буфет. Ему стало неприятно. Он сказал Куколю, что идет домой. Куколь вдруг решил, что пойдет ночевать к Иванову, хотя Иванов жил черт знает где -- на даче под Москвой. Но Иванов нисколько не удивился, и они вышли вместе, друг перед дружкой стараясь шагать как можно тверже.

В голове у обоих был такой же фантастический туман, какой сейчас, перед рассветом, накрыл всю Москву. Тусклые золотые купола висели в воздухе, как внезапно размножившиеся луны. Кремлевские башни превратились в вавилонские: их верхушки уходили в белую бесконечность. Иванову вспомнился человечек на верху буфета, и он осторожно спросил Куколя:

-- А этого, на буфете, который гнездо вил -- помнишь? Вот чудак!

-- На буфете... гнездо? -- вытаращил глаза Куколь. Потом спохватился и неуверенно сказал: -- Да, да, помню.

Иванов понял, что он врет. Они пошли молча, искоса, испытующе поглядывая друг на друга.

Кремлевские башни исчезли без следа. Туман стал еще гуще, он спустился на узкие переулки, как белый потолок, и переулки стали похожи на лабиринты метро. Иванов уже давно не понимал, где они идут, но не показывал виду, только шел все быстрее.

-- Ну, где же это самое твое шоссе? Скоро? -- спросил наконец Куколь.

-- Сейчас, сейчас! -- с притворной бодростью сказал Иванов.

И в самом деле, они перешли, спотыкаясь, через рельсы и выбрались на какое-то шоссе. Какое -- Иванов не знал. Но Куколь успокоился, снял очки, даже запел что-то.

Вдруг шедший впереди Иванов остановился, во что-то вглядываясь, потом круто повернулся спиной к дороге и стал, зажмурив глаза. Куколь подошел.

-- Что такое? -- спросил он, ничего не понимая.

-- Да нет, ничего особенного... -- Иванов открыл глаза, он изо всех сил старался улыбнуться, но улыбка не вышла, губы у него дрожали.

-- Ну, так идем. Чего же ты стал? -- сказал Куколь.

Иванов вынул платок, тщательно протер глаза. Он медлил, он боялся: а что, если, повернувшись, он снова увидит это? Но близорукие, прищуренные без очков глаза Куколя с такой явной насмешкой глядели на него, что он собрался с духом и повернулся.

И справа, на пересекавшей шоссе дороге, он снова увидел это.

Уже рассветало, дул легкий ветер. Разорванный туман летел над полем длинными полотенцами. Впереди, отрезанный от земли, призрачный висел в воздухе черный лесок. И к лесу медленно приближался, колыхаясь вправо и влево... белый слон! Иванов попробовал идти с закрытыми глазами, но через минуту не вытерпел, со страхом открыл глаза -- и снова увидел слона.

Его прошиб пот: ему стало ясно, что он допился до галлюцинаций. Если бы не было этого проклятого Куколя, можно было бы сесть, с закрытыми глазами просидеть полчаса, пока не выйдет хмель и не исчезнет этот нелепый белый слон. Но Куколь весело напевал за спиной, Иванову во что бы то ни стало надо было идти вперед -- туда, где в тумане плыл слон. И он шел, обливаясь потом, закрывая и опять открывая глаза и всякий раз снова убеждаясь, что галлюцинация продолжается. Он потерял всякое представление о времени: может быть, он шел так час, а может быть, всего только пять минут.

До его сознания смутно дошло, что сзади, где, напевая, плёлся Куколь, что-то такое изменилось. Потом он понял, что Куколь вдруг почему-то перестал петь. Иванов оглянулся и увидел: разинув рот, Куколь сквозь очки пристально глядел куда-то. Как только он заметил, что Иванов смотрит на него, он торопливо сбросил очки.

-- Я бы, знаешь, посидел бы... Покурим, а? -- робко сказал он Иванову.

На краю шоссе лежал большой камень. Как будто сговорившись, оба сели спиной к лесу, около которого Иванову привиделся белый слон. Они молча курили, упорно, мучительно размышляя. Куколь несколько раз поднимал очки к глазам, потом, с опаской покосившись на Иванова, снова опускал их. Наконец не вытерпел, напялил очки, быстро глянул через плечо -- и сейчас же отвернулся. Длинное лошадиное лицо его было бледно, испуганно.

Иванову пришла в голову дикая мысль, что у Куколя -- тоже галлюцинация, что он тоже увидел что-то. Но что? Иванов не рискнул спросить, чтобы не выдать себя.

Догоревшая папироса обожгла Куколю пальцы -- только тогда он очнулся, бросил окурок и сказал Иванову:

-- Ну, что же, надо идти, а?

Но продолжал сидеть. Иванов сделал какое-то неопределенное движение ногами, как будто собирался встать, но не встал. Куколь с любопытством смотрел. Иванов обозлился на него, на себя и вскочил, нарочно толкнув Куколя плечом.

Когда он повернулся и глянул вдаль -- ему захотелось орать от радости: галлюцинация исчезла, впереди были только белые ленты тумана и черный лес. Он косолапо, по-медвежьи побежал к лесу, крикнув Куколю: "Догоняй". Но пьяные ноги слушались плохо, он плюхнулся в грязь. Догнавший его Куколь хохотал, запрокидывая голову вверх, -- как курица, когда она пьет.

Весело болтая, они вошли в лес. Впереди была заросшая кустами горка, а потом дорога, должно быть, спускалась. Разогнавшись, они с разбегу взяли горку и побежали вниз, где как блюдо с молоком лежала налитая туманом круглая полянка.

И на повороте, будто наткнувшись на какую-то невидимую стену, оба враз остановились. Совсем близко на поляне

Иванов снова увидел белого слона, и ему показалось даже, что он успел разглядеть короткий, мирно помахивающий слоновый хвост. В галлюцинации ничего не было страшного, но Иванову страшно было убедиться, что он сходит с ума. Не оглядываясь, он побежал во весь дух. Сзади он слышал прерывающееся, хриплое дыхание Куколя.

В двадцати шагах под березой вился дымок: рябой, с облупленным носом красноармеец кипятил на костре чай. Облупленный нос -- это было так просто, трезво, реально, что Иванов сразу опамятовался. Он, все еще тяжело дыша, присел возле костра и спросил:

-- Вы, товарищ, в Москву? Служите там?

-- Да, служба! Черт бы ее взял! -- сердито плюнул красноармеец.

-- А что? -- участливо спросил Иванов, с нежностью глядя на облупленный нос.

-- Да как же... сукин сын, а? На последней станции перед Москвой забунтовал, пришлось снять его с поезда.

-- Кого -- его? -- осторожно вставил Куколь (он уже тоже сидел у костра).

-- Да слона этого самого. Из Ливадии везем: сиамский царь нашему подарил, а теперь, значит, ввиду революции -- в Москву, в зверинец... Белых у вас нету.

-- Нету, нету! -- восторженно подхватил Иванов. -- Я еще издали на шоссе его увидал и обрадовался: вот, думаю, московским трудящимся подарок! Спасибо, дорогой товарищ!

Он влюбленно стиснул руку удивленному красноармейцу и пошел. Куколь за ним.

И молча, сконфуженно, стараясь не глядеть друг на друга, они зашагали через лес к шоссе.

1934--1935

Лев

Все началось с происшествия совершенно фантастического: именно - великолепный царь зверей, лев, оказался вдребезги пьяным. Он спотыкался на все четыре лапы и валился на бок, это была совершенная катастрофа.

Лев обучался в Ленинградском университете и одновременно служил балетным статистом в театре. В сегодняшнем спектакле, одетый в львиную шкуру, он должен был стоять на скале и ждать, когда его сразит брошенное героиней балета копье: тогда убитый лев падал со скалы на тюфяк за кулисы. На репетициях все шло превосходно - и вдруг сегодня, в день премьеры, за полчаса до подъема занавеса - лев подложил такую свинью! Запасных статистов не было. Отменить спектакль было нельзя: на спектакле будет приехавший из Москвы нарком. В кабинете у "красного директора" театра шло SOS-ное заседание.

В дверь постучали, и в кабинет вошел театральный пожарный Петя Жеребякин. "Красный директор" (он сейчас на самом деле был красный - от злости) накинулся на него:

- Ну, что, что надо? Некогда! К черту!

- Я, товарищ директор... я - насчет льва, - сказал пожарный.

- Ну, что насчет льва?

- Как, значит, наш лев пьяный, то я желаю, товарищ директор, льва сыграть...

Не знаю, бывают ли у медведей веснушки и голубые глаза. Если бывают, то громадный, в чугунных сапожищах, Жеребякин гораздо больше походил на медведя, чем на льва. Но вдруг чудом из него все-таки выйдет лев? Он божился, что выйдет, что он из-за кулис смотрел на все репетиции, что он, когда еще был солдатом, играл в "Царе Максимилиане". И в пику криво ухмыльнувшемуся режиссеру директор приказал Жеребякину сейчас одеться и попробовать.

Через несколько минут музыканты на сцене уже играли под сурдинку "Марш льва". Лев Петя Жеребякин выступал в львиной шкуре так, как будто он родился не в рязанском селе, а в Ливийской пустыне. Но в последний момент, когда надо было падать со скалы, он глянул вниз - и запнулся.

- Падай же, черт... падай! - бешеным шепотом зашипел на него режиссер.

Лев послушно рухнул вниз. Он тяжело упал на спину и лежал, не мог встать. Неужели не встанет? Неужели в последний момент - опять катастрофа?

Его подняли. Он вылез из шкуры, он стоял бледный, держась за спину, и сконфуженно улыбался. Одного верхнего зуба у него не хватало, и от этого улыбка была какая-то жалостная и детская (впрочем, в медведях - всегда есть что-то детское, не правда ли?).

К счастью, ничего серьезного с ним, видимо, не случилось. Он попросил воды. Директор приказал принести ему стакан чая из своего кабинета. Когда он выпил чай, директор стал его торопить:

- Ну, товарищ, назвался львом - полезай в шкуру. Лезь, лезь, брат, скоро начнем!

Кто-то услужливо подскочил со шкурой, но лев не захотел в нее лезть: он твердо заявил, что ему непременно надо выйти из театра. Что это была за экстренная надобность - он отказался объяснить, он только сконфуженно улыбался. Директор вскипел. Он попробовал приказывать, попробовал напомнить, что Жеребякин - кандидат в партию, что он - ударник, но лев-ударник упрямо стоял на своем. Пришлось уступить - и, просияв щербатой улыбкой, Петя Жеребякин помчался куда-то из театра...

- Ну, куда, зачем его черт понес? - снова красный от злости спрашивал директор. - Какие такие у него секреты?

Красному директору никто не мог ответить: секрет был известен только Пете Жеребякину - и, разумеется, автору этого рассказа. И пока Петя Жеребякин бежит куда-то сквозь осенний петербургский дождь, мы можем переселиться на время в ту июньскую ночь, в которую родился его секрет.

Ночи в ту ночь не было: это был день, чутко задремавший на секунду, как задремает в походе солдат, не переставая шагать и путаясь между явью и сном. В розовом стекле каналов дремлют опрокинутые деревья, окна, колонны, Петербург. И вдруг от какого-то легчайшего ветерка Петербург исчезает; вместо него - Ленинград, проснувшийся от ветра красный флаг над Зимним дворцом, у решетки Александровского сада - милиционер с винтовкой.

Милиционера тесно окружила кучка ночных трамвайных

рабочих. Из-за плеч Пете Жеребякину видно только лицо милиционера - круглое, похожее на рязанское яблоко-медовку. Происходит что-то очень странное: милиционера хватают за руки, за плечи - и наконец один из рабочих, вытянув трубочкой губы, нежно чмокает его в щеку. Милиционер багровеет, яростно свистит в свой свисток, рабочие разбегаются. Петя Жеребякин остается один лицом к лицу с милиционером - и милиционер так же внезапно исчезает, как вспугнутый ветром зеркальный Петербург: перед Жеребякиным - девушка в милицейской фуражке и гимнастерке, первая милиционерка, поставленная революцией на Невском проспекте. Черные брови над переносицей у нее сердито сцепились, из глаз - искры.

- Стыдно вам, товарищ, - только и сказала она Пете Жеребякину, но как сказала! Он растерялся, он забормотал виновато:

- Да это же, ей-богу, не я! Я просто домой шел...

- Эх ты... А еще рабочий! - посмотрела на него милиционерка, но как посмотрела!

Если бы здесь, на мостовой, был люк, как на театральной сцене, Жеребякин провалился бы в люк - и это было бы спасение. Но ему пришлось медленно уходить, чувствуя на спине насквозь прожигающий взгляд.

Назавтра - снова белая ночь, и снова товарищ Жеребякин шел со своего дежурства в театре домой, и снова у решетки Александровского сада - милиционерка. Жеребякин хотел прошмыгнуть мимо, но заметил, что она смотрит на него - и сконфуженно, виновато поклонился. Она кивнула. На зеркально-черной стали ее винтовки отсвечивала заря, сталь казалась розовой. И перед этой розовой винтовкой Жеребякин робел куда больше, чем перед всеми, которые стреляли в него пять лет на разных фронтах.

Он рискнул заговорить с милиционеркой только через неделю. Оказалось, что она тоже, как и Жеребякин, из Рязанской губернии и еще помнит их рязанские яблоки-медовки. Ну, как же: и сладко, и горчит маленько. Таких здесь нету...

Каждый раз, возвращаясь домой, Жеребякин останавливался у Александровского сада. Белые ночи совсем сошли с ума - и зеленое, розовое, медное небо не темнело ни на секунду. В саду обнявшиеся пары как днем искали тени, чтобы их не было видно.

В такую ночь неуклюже, по-медвежьи, Жеребякин спросил милиционерку:

- А что, например, вам, милиционеркам, при исполнении обязанностей можно замуж? То есть не при исполнении, а вообще - как ваша служба вроде военная...

- А зачем - замуж? - опершись на винтовку, сказала Катя-милиционерка. - Мы теперь - как мужчины: хочем и так любим...

Винтовка у нее была розовая. Милиционерка подняла лицо к полыхавшему в лихорадке небу, потом поглядела куда-то мимо Жеребякина - и договорила:

- Например, если бы такой человек, чтобы стихи сочинял... Или бы актер: чтоб вышел и ему бы весь театр захлопал...

Яблоко-медовка: и сладкое, и горькое. Петя Жеребякин понял, что лучше ему уйти и не возвращаться сюда больше: его дело - конченое...

Нет, не кончено! Бывают еще чудеса на свете! И когда случилось невероятное это происшествие, что лев, божьим изволением, напился пьяным, - Петю Жеребякина как осенило, он кинулся в кабинет к директору...

Впрочем, это все - уже позади: сейчас он сквозь осенний дождь мчался на улицу Глинки. Счастье еще, что это - рядом с театром, и счастье, что он застал милиционерку Катю дома. Это была теперь не милиционерка - это была просто Катя. Засучив рукава, она стирала в тазу белую кофточку. На носу, на лбу у ней проступали росинки - и никогда она не была милее, чем вот такая, домашняя.

Когда Жеребякин положил перед ней контрамарку и сказал, что он сегодня играет в спектакле, - она не поверила. Потом - заинтересовалась. Потом почему-то сконфузилась и опустила засученные рукава. Потом посмотрела на него (но как посмотрела!) и сказала, что придет непременно.

Звонки в театре уже трещали в курилке, в коридорах, в фойе. Лысый нарком жмурился сквозь пенсне в ложе. На сцене, за закрытым еще занавесом балерины оправляли юбочки тем самым жестом, каким, спускаясь в воду, лебеди чистят крылья. И за скалой возле льва Жеребякина волновались режиссер и директор.

- Помни: ты ударник! Смотри - не подгадь! - в львиное ухо шептал директор.

Занавес пошел вверх - и за огненной чертой рампы перед львом раскрылся темный зал, доверху полный белыми пятнами лиц. Давно, когда он был еще Жеребякиным, он вылезал из окопа, перед ним рвались снаряды, он вздрагивал, по деревенской привычке крестился - и все-таки бежал вперед. Сейчас ему показалось - он не может сделать ни шагу. Но режиссер толкнул его сзади, и он, с трудом ворочая свои, сразу ставшие чужими, руки и ноги, медленно полез на скалу.

На верху скалы лев поднял голову - и совсем близко от себя, в ложе второго яруса, увидел перевесившуюся через барьер милиционерку Катю: она смотрела прямо на него. Львиное сердце громко ударило раз, два! - и остановилось. Он весь дрожал: сейчас решалась его судьба, уже летело в него копье. Раз! - ударило оно в бок. Теперь надо падать. А вдруг упадет опять не так - и все погубит? Ему стало так страшно, как никогда в жизни, - куда страшнее, чем когда он вылезал из окопа...

В зале уже заметили, что на сцене происходит что-то неладное: смертельно раненный лев стоял неподвижно на верху скалы и смотрел вниз. В первых рядах услыхали, как режиссер страшным шепотом крикнул: "Падай же, черт, падай!" И затем все увидели нечто совершенно фантастическое: лев поднял правую лапу, быстро перекрестился - и камнем рухнул со скалы...

Секунда всеобщего оцепенения, потом в зале, как смертоносный снаряд, взорвался хохот. У милиционерки Кати от смеха текли слезы. Убитый лев, уткнув морду в лапы, плакал.

1935

Встреча

Человек с колючим бобриком, в мундире жандармского полковника, по-военному отчеканил свои показания и сел. Он производил у подсудимого обыск, его показания были бесспорны, точны, убийственны. Но подсудимый даже не посмотрел на него. Он не дыша, боясь шевельнуться, прислушивался к мерному топоту солдатских ног: сейчас в зал должен был войти тюремный конвой -- и с ним последняя надежда на спасение для подсудимого. Подсудимый знал, что конвоем командует Попов, тоже революционер, как и он сам, и что Попов попытается в удобный момент передать ему револьвер.

Но Попов дошел только до эстрады, на которой сидели судьи: тут, вместо того чтобы подойти с конвоем к подсудимому, он растерянно остановился и, не мигая, вытянув шею, глядел в глубь зала. Шея у него была неожиданно тонкая для его широких плеч -- как будто по ошибке взятая от чужого человеческого комплекта. Он стоял и удивленно, забыв обо всем, смотрел на жандармского полковника.

Кроме полковника, никто этого не заметил, никому не понятна была причина происшедшего замешательства. Впрочем, ничего не понял и полковник: он только почувствовал, как немигающий взгляд конвойного офицера с журавлиной шеей споткнулся на нем.

Раньше времени зазвенел звонок: перерыв. Продолжение заседания суда было отложено. Судьи, сверкая генеральскими эполетами, встали, задвигались. Все торопились в буфет, чтобы успеть там наспех проглотить чаю или кофе. Последними вышли из зала огромный краснолицый извозчик и лысый нищий, тоже вызванные в качестве свидетелей по делу.

В буфете после ярко освещенного зала показалось темно -- тускловатые, пыльные лампы были вдобавок завешены табачным туманом. Было открыто окно, всякий раз распахивалась дверь от сквозняка, подвешенные к потолку лампы слегка покачивались -- и все внизу под ними тоже слегка покачивалось, все было непрочно, как во сне. И в самом деле -- особенно после суровой реальности того, что происходило в зале, все здесь было похоже на сон или бред.

Мелькали в дыму солдаты, цыгане, мужики, офицеры. Священник, приводивший на суде свидетелей к присяге, обнимая цыганку, напевал шансонетку. К столику, за которым о чем-то спорили извозчик и нищий, дружески подсел жандармский полковник. "Из-за чего изволите горячиться, ваше превосходительство?" -- спросил он нищего. Здесь, во сне, никто не удивлялся, что нищий принял титул превосходительства как должное, но даже и здесь полковнику показалось нелепым, когда нищий сердито показал на извозчика: "Из-за того, что прапорщик Симков позволил себе сесть за мой столик, не спросив разрешения у меня, как полагается по уставу. Он забывает о моем чине!" Прапорщик-извозчик, добродушно колыхаясь животом, захохотал: "Все мы тут, дорогой мой, в одном чине: фи-гу-ранты! И всем нам одна цена: сто франков в день. Исключение -- полковник: во-первых, получает сто двадцать, во-вторых -- играет самого себя. Это называется "повезло"!

И действительно, повезло: в этом фильме из русской жизни бывшему жандармскому полковнику дали роль жандармского полковника. Режиссер говорил, что он играет превосходно, а он совсем не играл: он просто стал прежним самим собой. Стал настолько, до таких мелочей, что вот сейчас, закурив папиросу, помахал спичкой совершенно прежним ленивым жестом -- и, как бывало тогда, бросил спичку еще горящей.

Сверху, из табачного тумана, спустилась рука и взяла из пепельницы еще горевшую спичку. Полковник взглянул вверх -- и встретился с глазами длинношеего конвойного офицера Попова. Нагнувшись, Попов пристально смотрел полковнику прямо в лицо. Догоревшая спичка обожгла ему пальцы, он бросил ее, не закурив, -- и молча исчез в фантастической толпе цыган, солдат, мужиков.

"Что это значит?" -- сказал полковник. "Что -- что значит?" -- удивленно переспросил извозчик. Полковник попробовал объяснить, но не мог, потому что ничего, в сущности, не произошло. Вернее, произошло только одно: полковнику показалось, что этого длинношеего офицера он уже встречал когда-то. Но когда? Где? В Крыму? В Константинополе? Он никак не мог вспомнить, и это не давало ему покоя, как застрявшая где-то в зубах незаметная рыбья косточка, которую непременно нужно вынуть.

Прапорщик-извозчик, вкусно подхохатывая, рассказывал что-то про цыганку, про какую-то подвязку, но слова не доходили до полковника: мешала рыбья косточка. А может быть, и не в ней было дело: просто хотелось пить, а кофе еще до сих пор им не принесли. Гарсон опять пролетел в тумане мимо их столика. Полковник обернулся, чтобы поймать его, -- и сзади себя, совсем близко, снова увидел Попова: перед самым носом священника он встряхивал на ладони два револьвера. "За каким чертом ты таскаешь с собой настоящий револьвер, раз тебе здесь дают бутафорский?" -- спросил священник. "Об-обожаю револьверы... с детских лет..." -- сказал Попов, слегка заикаясь.

Как только полковник услышал этот захлебывающийся, заикающийся голос, в голове у него, как в театре, мгновенно раздернулся какой-то занавес -- и он все вспомнил, даже увидел с какой-то испугавшей его самого ясностью.

Этот человек, тогда -- в студенческой форме, сидел спиною к нему, нагнувшись над железным столиком тюремной камеры. Полковник смотрел на него сквозь стеклянный глазок двери. Студент увлекся и не замечал ничего: перед ним на столике были сделанные из хлеба шахматы, он играл сам с собою. Полковник вошел в камеру, схватил разграфленный листок бумаги вместе с шахматами, скомкал и сунул к себе в карман. Он был сам шахматист и знал, что это будет самым чувствительным наказанием для заключенного, а этот упрямец заслуживает наказания. Студент взглянул на полковника и ничего не сказал, только сделал глотательное движение, на тонкой шее поднялся вверх и опустился кадык. Полковник, не отрывая глаз от его шеи, сказал очень ласково: "Вы получите свидание с вашей невестой. Я объяснил ей, что если вы будете молчать, то вам грозит петля, и она обещала убедить вас быть откровенней".

Свиданий с невестой у студента было не одно, а несколько. Это тянулось целый месяц. Полковник слышал, как девушка плакала, умоляла, целовала. В конце концов студент заговорил откровенно. Когда полковник подписал приказ о его освобождении, студент секунду, не мигая, смотрел на него ненавидящими глазами, потом, заикаясь, сказал: "Ллу-ллучше бы вы меня повесили! И з-знаете, если мы к-когда-нибудь встретимся..." Он запнулся и так, не кончив фразы, ушел.

И вот -- теперь, здесь -- они встретились. Кругом них в бредовом тумане мелькали ненастоящие цыгане, офицеры, мужики, нищие. Прежние свои роли играли только они двое: полковник -- себя, Попов -- революционера, хотя он и был теперь в офицерской форме. И в буфете уже звенел звонок, призывая их продолжать игру -- и, может быть, теперь закончить ее.

Прапорщик-извозчик и превосходительный нищий ушли еще до звонка. Полковник шел в студию один. Из головы у него не выходил этот студент. Полковник вспомнил, что его невесту звали Мусей и что однажды он увидел, как она, покраснев, старалась спрятать палец, высунувшийся из прорванной перчатки, но лицо ее он совершенно забыл. "Какая странная вещь -- память: забыть человеческое лицо -- и запомнить прорванную перчатку..." -- подумал полковник.

Он открыл дверь -- и увидел себя на полутемном дворе, заваленном какими-то огромными пустыми ящиками. Он понял, что забыл вовремя свернуть направо, и никак не мог сообразить сейчас, куда идти. Ощупью он нашел наконец дверь, через которую попал сюда, дернул ее -- остановился: перед ним стоял "Попов". Вытянув длинную шею, усмехаясь, он сказал: "Зза-за-заблудились?" И продолжал стоять, глядя на полковника и держа руки в карманах.

"Сейчас он вынет из кармана револьвер..." -- волосы на голове у полковника стали колючими. Он рассердился на себя и решительно шагнул на Попова: "Позвольте пройти!" Попов, не вынимая рук из кармана, посторонился. Полковник шел и слышал сзади себя шаги, все ближе. Он изо всех сил старался идти не спеша -- и чувствовал, что идет все быстрее.

В студию он вбежал, запыхавшись. Его уже ждали. Режиссер громко, при всех, сделал ему замечание, но полковник подумал только об одном: наверное, он -- этот Попов -- тоже слышит это...

Полковник оглянулся: Попов сидел направо, немного сзади, так что полковнику нужно было только чуть повернуться, чтобы увидеть эти немигающие, неотступные глаза. Потом, уже не поворачиваясь, он как-то затылком, шеей, правым ухом (оно горело) чувствовал на себе этот взгляд -- и это связывало его, опутывало как паутина.

Режиссер крикнул: "Allons!", лампы зашипели. Полковник встал, чтобы снова повторить свои десять убийственных для подсудимого слов. Он хотел, как делал тот, прежний полковник, вытянуть руку, показывая на подсудимого, но искоса, углом глаза, увидел: держа руки в карманах, Попов тоже встал. Полковник сделал рукой какое-то совершенно нелепое, деревянное движение и замолчал среди фразы: все слова вдруг вылетели из головы: "Да вы что -- хватили лишнее или больны? -- закричал на него режиссер. -- Уходите вон! Проветритесь -- тогда придете..."

Кто-то засмеялся. Согнувшись, стараясь быть поменьше, понезаметней -- полковник вышел из студии. Впрочем, он уже не был полковником, как все эти дни: он снова стал тем человеком, который недавно мыл окна и получал на чай. Он шел по длинному, белому, пустому коридору и, стиснув кулаки, мысленно говорил режиссеру все то, что он вслух сказал бы, если бы мог.

В буфете было безлюдно, из экономии горела теперь только одна лампа. Полковник сел за столик, заказал кофе, потом остановил буфетчика: "Нет, лучше дайте коньяку!" Буфетчик что-то переспросил. "Ах, да все равно что -- только поскорей!" -- с досадой махнул полковник рукой: он, кипя, продолжал объясняться с режиссером, а тут этот буфетчик...

И вдруг он забыл сразу и режиссера, и обиду, и буфетчика, и все: к его столику от дверей шел Попов, покачивая головой на тонкой шее. Он остановился перед полковником и, как будто еще не решаясь, нащупывал что-то в кармане рукой. Полковник уже знал, что такое это "что-то". Сердце у него заколотилось, но его руки и ноги были спутаны какой-то паутиной, он не мог ни встать, ни крикнуть.

Буфетчик принес кофе и коньяк, поставил на столик и ушел в кухню. Бывший полковник и бывший студент остались вдвоем. Полковник слышал, как, жужжа о потолок, шлепалась большая муха.

-- А ведь я вас сразу узз-узнал... -- сказал "Попов", снова пошевелив рукою в кармане.

Полковник хотел сказать: "Что вам от меня нужно?" -- но понял, что это выйдет нелепо, смешно: он ведь знал, зачем нашел его здесь этот человек. Он ждал, не двигаясь, только сердце у него заколотилось еще сильнее.

-- Помните, как вы в к-к-камере взяли у меня шахматы? -- и

сказали, что вы т-т-тоже шахматист? Я все п-п-помню! -- продолжал "Попов", хитро щурясь и понемногу, медленно вынимая руку из кармана.

Полковник видел теперь только эту руку, она заполняла собою весь мир. Он увидел, как вышла кисть, увидел черные часы на ремешке с наискось треснувшим стеклом. Оставалась еще секунда. Полковник втянул голову в плечи, как черепаха, и закрыл глаза.

Прошла секунда, две -- выстрела не было. "Целится..." -- мелькнуло в голове, и, не выдержав, полковник открыл глаза.

"Попов" стоял перед ним, вытянув руку. В руке у него была карманная шахматная доска.

-- Сыграем? -- сказал он и, не дожидаясь ответа, сел напротив полковника.

1935

Сказка об Ивановой ночи и маргаритке

Были они прикованы к земле только на один шаг друг от друга. На одном конце маленькая Маргаритка, на другом -- он, с голубыми лепестками -- кусочки неба -- и темной непонятной серединкой. Над ними по целым ночам задыхались от счастья соловьи, а они все томились и ждали -- Иванова дня.

И он пришел -- странный, пылающий, весь ждущий. Под солнцем жужжали мошки весь день Неслышно, легко, будто во сне, скользили вверх и вниз бабочки. Дремала глубокая зеленовато-черная заводь, такая спокойная, что старые корявые ветлы на берегу проснутся, глянут вниз -- и видят все до последнего листка, до последнего галочьего гнезда.

А потом убегал шальной ветер, и опять не шевелились сонные ветлы, лился сверху дрожащий воздух и одурманивал горячим ядом, холодная заводь дремала. Только на самом жарком месте плясали над водой в огненном свете обезумевшие мошки, да внизу, в зеленой глубине, все ходило ходуном.

Луч добирался туда уже прохладным, и только вся вода кипела зелеными искорками и жемчужными пузырьками. Внизу на мягких мшистых камнях сидели белые, как снег, девушки с зелеными глазами, прозрачными и влекущими. Около суетились сотни серебряных рыбок и вылизывали прозрачными язычками их маленькие ноги с голубыми жилками и руки, и холодные, мраморные груди с нежными голубыми кончиками. Толкались ребятишки -- утопленники -- белые, как снег, с белыми выпученными глазами. С хохотом холодным кружились, щекотали девушек, убирали волосы фарфорово-белыми лилиями, чем-то темным натирали щеки -- наводили голубой румянец. Повыше плясали, как бешеные, огромные черные раки и щелкали клешнями. То-то будет ночью потеха.

После полудня солнце совсем обезумело. В красном струящемся дурмане задыхалась земля, деревья и травы расплывались в глазах и, казалось, вот-вот сорвутся с места и ринутся куда-то.

А они ждали ночи. Только ведь одну ночь в году -- Иванову ночь -- деревья и травы двигаются с места на место. Ждали темноты, томились. Все пересохло внутри и дрожало. Земля порастрескалась.

Маргаритка, вся алая и знойная, стояла с кружащейся головой. Ни единой мысли: точно расплавленный горячий свет переливается внутри, обжигает и жадно ждет чего-то.

Изредка лишь ветерок донесет нежный и терпкий запах -- его запах. Это он думает о ней и томится. И она забьется вся, тянется к нему маленькими пушистыми листочками: так безумно хочется прикоснуться к его длинным, сильным листьям.

А потом опять оба дремлют под зноем...

Уже качается солнце на краю огромной синей чаши, устало смотрит налитым кровью глазом. Равнодушные овцы подняли золотистую пыль на дороге. Щелкнул кнутом оборванный пастух. Небо задернулось тишиной. Девять раз прозвонили на белой колокольне, и опять она спряталась в желтых деревьях.

-- Го-го-гом, -- засмеялся в ответ леший в старом лесу, -- звони, звони, медная ханжа, -- сегодня на нашей улице праздник.

И еще усердней принялся скрести раковиной свои заросшие мохом вывернутые назад ноги.

Уже скатилось куда-то солнце с края синей чаши. Вырвался последний луч -- тоненький-тоненький, пролетел над потемневшим лесом, над заводью со стоном -- чуть слышным, так -- будто задрожала золотая паутинка.

Спрятанный в кустах ветер стряхнулся, вспорхнул на верхушки спросонья. Старые липы ворчливо закачали головами -- ветер сжался робко, опять вниз, скорее к лиловым колокольчикам. Спрятался, ждал -- полночи.

И все раскрыло глаза и притихло -- ждало. Выползли лягушки и раскрыли рты -- приготовились квакать. Нетерпеливо подняли листья и слушали деревья.

Маленькая Маргаритка трепетала лепестками и жадно раздувала их. А он -- на шаг от нее -- тянулся к ней всем телом и жарким ароматом дышал на нее, а голубые лепестки все потемнели.

Вот уже стало все кругом черным. Тихонько выползли светлячки -- на бархатном небе и внизу -- на росистой траве. Выползли, двигаются, мигают друг другу -- вверху и внизу.

И когда выкатилась наверху последняя маленькая звездочка -- только ее и ждали -- вдруг все остановилось.

Зазвонили опять на колокольне.

-- Раз -- два -- три...

Все умерло, жадно молчит.

-- Бум -- двенадцать.

Старый пономарь в рыжей шляпе еле успел посторониться. Мягким веселым роем облепили колокол, вмиг задушили. И вдруг все ринулось, зазвенело, вскрикнуло. Старые могильные деревья с гиком, размахивая сучьями и подпрыгивая, понеслись хороводом кругом колокольни. Повыше -- хлопают огромные седые совиные крылья, а еще дальше скачут какие-то темные, растрепанные, вскидывая ногами, и зовут месяц.

В лесу все перепуталось, трещало и ревело. Неслись огромные черные стволы и кувыркались в воздухе, перебрасывались комьями земли. Приплясывали на сучьях пьяные филины с зелеными глазами. На длинных ходулях скакали через овраги красные веселые чертенята и звали месяц. Летели за ними и хихикали бледные болотные огоньки. Трещал и вертелся, как мельница, огненный цветок папоротника.

Всем лесом мчались к реке, к заводи -- и с хохотом хором диким голосили -- звали месяц.

А на поляне, совсем близко где-то от маленькой Маргаритки, зазвенели лиловые колокольчики -- чуть слышно. А потом все громче. И уже вовсю выбивают огненный воздушный танец. Вьются бабочки и поют что-то нежное и острое -- опутывают серебряными паутинками, пронизывают голубыми искорками. Кружатся, мигают звезды, поют, зовут месяц. Только одни светлячки молча снуют внизу с фонариками, пригнувшись, разыскивают своих любовниц.

Когда маленькая Маргаритка очнулась от гама и треска -- только ахнула: мягко перебирая голенькими корнями, она уже двигалась в густой шумной толпе. Было так ново и хорошо, что закружилась голова. Огляделась кругом -- его не видно. Даже заныло внутри и похолодало; неужели не найдет его. Вернуться опять, сидеть в этой противной, удобной земле, рваться... Не мило стало все кругом.

А он был уже около. Расталкивая толпу, догонял. И, когда он -- в первый раз -- коснулся ее нежного тела своим сильным и жестким -- она вдруг стала точно пустой, без мыслей; Нет никого кругом, ничего. Только он один -- где-то около или в ней. И она точно летит далеко от земли...

Выполз, наконец, месяц -- старый, седой. Глянул на всю веселую суматоху внизу и захохотал -- будто кто загромыхал в огромном медном тазу. И внизу все захохотало, забесновалось, запрыгало. Ну, скорей же, дедушка, скорей -- заждались. Улыбнулся месяц: что уж с ними сделать. Раскинул над ними частую серебряную сетку -- чтобы сверху не было видно и пропитал все любовным зельем -- нежным, зеленоватым. Только задремал -- уж началось внизу. Там обнимались шелковистые травы, ласкали друг друга нежным зеленоватым телом. Там расставил ширму старый лопух, а за ним -- целовались два пушистых одуванчика. Около желтого лошадиного черепа жгучий черный -- водолюб, добродушный, как медведь, целовал ножки и крылышки у большой бархатной ночной бабочки. Она только вскрикивала и глазами показывала на проходящих,

А их была целая толпа. Все спешили к заводи, посмотреть на тамошние чудеса. Вот где было веселье.

Темная зеленая вода поднялась невысокой горкой и вся блестела непонятным огнем -- точно он светился изнутри. С горки, как на салазках, скатывались един за другим водяные ребятишки -- белые, как снег, с белыми выпученными глазами. Катились, кувыркались с визгом, шлепались в воду, брызги летели. Мелкие рыбы и покрупнее какие -- вся водяная челядь -- повылезли наверх, толпились, серебрились, глазели на забавы, пересмеиваясь и подталкивая друг друга. А наверху, над водяной горой, веселились белые, как снег, девушки с зелеными глазами. Чуть шевеля руками, плавали в воздухе, как в воде. Лунные лучи любовно щурились на них, окутывали, щекотали. А они вытягивались, нежились, и их мраморные груди с голубыми кончиками блестели, как серебряные, и смех был, как серебряный. Какие помоложе -- свили из лунных лучей тонкие, чуть видные, струны, распялили на ветлах, играли и пели. Опять они призывали кого-то и ждали. Голоса были прозрачные, холодные -- как зеленая глубина, где они жили, -- а потом вдруг прыгали и бились -- как их любовь, -- жадно ждавшая целый год этой ночи. Они ждали...

Маленькая Маргаритка была около старого дряхлого пня: он и в эту ночь остался на месте и спал. Она часто дышала и все шире раскрывала лепестки и вся изгибалась. А он -- с непонятной темной серединкой и потемневшими темными лепестками все сильнее сжимал ее. Было и не жалко, что ей больно. Она жадно глотала боль -- острую, сладкую -- вместе с поцелуями. Без конца, точно обезумевшая, говорила только одно слово: милый -- милый -- милый.

Пахнули крыльями близко над ними летучие мыши. Потом поднялись кверху и потянулись к заводи -- кувыркались -- но пищали, хихикали. За ними шумной гурьбой помчались молодые чертенята. Были они все чуть-чуть выпившие -- угостились у леших -- все горячие, веселые, с огненными глазами.

Поглядеть издали -- так казалось, несся в почерневшую тьму сверкающий рой огненных пчел. Красными искрами отразились в темной реке, всполошили тихую воду.

Белые девушки -- точно проснулись. Загорелись глаза зеленым хрустальным светом, смех вспорхнул жемчужной пеной. Спохватились -- под самым носом мелькнули вверх в хороводе. Ошалелые чертенята влетели вверх прямо на водяную гору и вытаращили глаза. А кругом грянул смех, затрещало, запрыгали брызги, лягушки надрывались -- квакали, раки прыгали и стучали клешнями.

А они -- уже сверху поют -- белые девушки -- легким туманом вьются, поют -- зовут, звенят серебром -- смеются. Скорее, скорее к нам. Наши поцелуи -- как лед холодны и жгут, как лед. Наши груди трепещут и блестят на луне, как серебро, -- посмотрите. Мы ждем, мы ждем...

Бедные чертенята только мечутся на зеленой водяной горе, глядишь -- оскользнулся -- и внизу, и подхватили уже пухлые ребятишки с вытаращенными белыми глазами, щекочут, стрекочут, визжат, не отбиться от них.

А белые девушки уже сплели из лунных лучей длинную дрожащую сетку, с хохотом бросили вниз: ловите, веселые чертенята, ползите. И смотрите.

Внизу подпрыгнули, вцепились тоненькими черными пальцами. G ужимками, как обезьяны, карабкаются, щиплются, пищат. Гнется, дрожит тонкая сетка, звенят хрустальные нити Ух, оборвалось. Провалились, запутались, бьются с визгом.

Корявые лешие на берегу, с вывернутыми ногами, бегают, схватились за бока. Старые ветлы согнулись, корчатся от хохота. Толстые лягушки держатся растопыренными лапами за свои белые животы, закрыли глаза, откинулись назад, закатываются.

А им, белым девушкам, с зелеными глазами -- только и надо. Спустились, раскинулись в воздухе, плавают, смотрят улов. Медленно двигаются белые, как снег, руки и ноги, изгибается назад, дразнит нежное тело, губы раскрыты, горят лукавой улыбкой.

В сетке из лунных лучей, как обожженные, скачут, падают огненные глаза, все нетерпеливей рвутся, все больше запутываются.

А месяц, как огромный белый паук, ворочается вверху и распускает вниз свою седую паутину -- пусть веселятся его внучки -- ведь раз в году...

Они уже выбрали. Нежными руками рвут сетку -- порезали пальцы. Каплет голубая кровь в темную воду, вспыхивает зеленым огнем. Пусть каплет, пусть каплет. Они уже ласкают, целуют, бесстыдно прижались всем телом. -- Ведь одна только ночь в году.

Голубой румянец загорается ярче, вздымаются серебряные груди, в зеленых глазах от огненных вспыхнули красные огоньки.

Вот они уже лежат в воде и извиваются от страсти -- кругом вся вода светится розовым. А на берегу все мечется, хлопает в ладоши, беснуется. Трещат и сверкают повсюду огненные цветки папоротника. Надрываются, затянулись, воют лягушки. Красноватые лешие пляшут с какими-то безголовыми вокруг красного дымного костра. Трещит костер, все розовеет вода, на черном небе проступили какие-то пятна.

Э, да это заря.

Маленькая Маргаритка плотнее прижалась к милому: нет, нет, это неправда, еще далеко до зари. Они так мало были вместе... И опять покачиваются потихоньку с закрытыми глазами, пропитанные близостью друг друга. Не говорят ни слова -- о чем говорить. Что им до гама и шума и до всей веселой кутерьмы. Они -- двое теперь, двое -- никого кругом.

Темно-багровой полосой наступает солнце на черную ночь. Нет, нет, она не уступит еще, еще рано. Мягкими комьями кидает она тьму, вверх и вниз прыгает огромными темными тенями, яростно бьется, кровавые клочья по всему небу разметала.

Бледные, как снег, девушки глянули на небо. Изнемогши от ласк, вспыхивают они новой страстью. И опять качаются на воде лед и огонь, и все розовеет вода, уже стала красной, как кровь. Рыбам страшно в кровавой воде -- опустились на дно. Пухлых ребятишек с выпученными глазами уж позвали спать. Притихла заводь. Только раки-гуляки пляшут на побледневшей воде, щелкают клешнями.

Светлячки потушили фонарики. Закрывают глаза усталые звезды. Пахнет холодом внизу. Холодеет внутри у маленькой Маргаритки: как, уже конец? Возвращаться опять в землю? Одной? Побелели, задрожали тоненькие лепестки...

Забыться, уйти в него, умереть с ним...

Уступила, убегает бархатистая волшебная ночь, тянет кровавый свет за собой. Просочилось серое, будничное небо. Ленивым стадом бредут назад белые березки. Пошатываясь, трещат старые липы. Бледнеет, прижимается к земле веселый гул Ивановой ночи.

-- Иди скорей, не целуй меня. Еще не поздно. Ты умрешь, если останешься со мной.

Это шепчет он маленькой Маргаритке, а сам все безумнее целует ее усталые лепестки, маленькие белые корни, нежные листики.

Маленькая Маргаритка шепчет:

-- Я останусь.

Летучие мыши спешат, промелькнули неслышно. Колокольчики голубые грустно звенят, замирают -- вернулись. Тают, бегут печальные тени.

Бледные девушки заломили руки, шепчут вслед кому-то голубыми губами, падают слезы холодным жемчугом на темное дно. Задремали корявые ветлы.

-- Еще успеем, еще не поздно.

Шепчет безумная маленькая Маргаритка:

-- Я останусь.

Зазвенело красное солнце, прорезало жарким огнем.

Ухнула вглубь водяная гора, забурчала. С длинным прозрачным стоном пропали белые девушки в белом тумане.

Сизый дымок от потухшего костра вьется на берегу.

-- Крепче, крепче -- милый, -- шепчет Маргарита.

На голубых и на алых лепестках сверкают на солнце маленькие, как слезы, капельки. Чадный ночной туман стелется в камышах. Издалека кричат гуси: ка-га, ка-га.

Один

I

Немые задыхающиеся дни. В тусклом молчанье -- точно клочья туч в лунном мертвом свете -- скользят непонятные дни. Медленно или безумно быстро? Или совсем остановились?

Синим, холодным небом блеснули на миг: спешат, скорее -- к счастливым. А потом на белых, сверкающих крышах -- там за решеткой -- ползут черные пятна, как на гниющем трупе все дальше. И опускаются сверху туманы -- тяжелые, душные -- точно лихорадочное забытье. К серым стенам прильнули, сосут...

-- Ах, скорее бы ночь...

А она уже грозится вдали, развернула черное знамя. Вздрогнули в испуге последние лучи, залились кровью, в бездну свалились. Радостно прянул оттуда мрак, тени мчатся вправо и влево, а за ними бежит ужас.

Черный кошмар.

Вьюга вцепилась в решетку, бьется за окном, рыдает в холодном мраке.

А внизу под ним, под его ногами, ходит кто-то. Мечется целые ночи -- взад и вперед -- без конца.

-- Отчего он не спит никогда?

Вздрагивает тьма, шепчет страшную мысль:

-- Быть может, уже безумный он -- мечется там?

А он все ходит, неведомый, взад и вперед -- целые ночи. Без конца. Не взойдет никогда солнце. Вечно будет ходить он, страшный, внизу...

И вдруг -- замолк глухою, темною ночью.

-- Где он? Умер? Увезли его?

Молчат стены кругом.

* * *

Пустой гроб внизу. Немые стены кругом. Как слепые вихри во тьме -- безумные мысли. Все ходить, ходить...

-- Как тот, что был внизу. А потом увезут так же ночью?

Семь шагов, семь шагов. Толпятся, гонятся стены. Мелькают

старые надписи. Чьи-то имена, забытые, полустертые, чьи-то стихи, скорбные, рыдают на холодном камне.

Кто их писал? И где теперь они и их муки?

За окном -- колокола, звонят -- плачут, далеко где-то, чуть слышно.

Там, далеко -- странный огромный мир. Люди -- идут, спешат, говорят впивают мысли друг друга. Люди!

Сердце бьется в холодные стены, задыхаясь, как воздуха ищет их... Люди!

Тихо. Пустой гроб внизу. Немые стены кругом. Чуть слышно колокола звонят -- плачут: уже утро.

Длинными, бледными лучами ухватился рассвет за решетку, повис мелкой сеткой дождя над тюремным двором.

-- Там ходят теперь. К ним, к ним!

* * *

Там внизу -- их шестнадцать. Запертых в шестнадцати клетках.

Налегли сверху мокрые, тяжелые тени -- от каменных стен. Ни звука, ни слова. Тихо -- будто нет там живых людей.

Невнятным пятном мелькнет лицо, и на нем две черных точки -- глаза. Мелькнет -- исчезнет.

Взад и вперед мечутся. Взад и вперед. Кружат, как дикие звери, все быстрее бегут. Некуда -- взад и вперед...

Уже нет больше сил ходить и биться мыслью о стены, о дверь, о решетку -- они стоят, прислонившись к забору, и вверх смотрят.

Маленький, четырехугольный клочок неба бросили им: не смогли закрыть. Облака хмуро смотрят вниз и плывут мимо. Уходят за стены -- туда, где и они, пойманные, жили когда-то.

И задремавшая в забытьи жажда жизни просыпается, и рвет оковы и связи, и бьется, обливаясь кровью.

Чу! Бледные пятна в окнах -- вон, вон! Там -- товарищи.

Слышите? Рвутся к ним и протягивают руки -- зовут их... И не могут отозваться они и выкрикнуть все, отчего задыхаются, и хочется кричать и биться головой о стены.

Остановились. Жадным взором цепляются за решетки, и ищут за ними человека, и бьются в темные стекла...

Недвижное, безмолвное смотрит вниз небо.

* * *

Вдруг оборвались все мысли. И все кругом умерло: одна

пустота -- и в ней падают звуки, острые, сверкающие.

-- Тук-тук! Тук-тук-тук!

Снизу... Там -- живой, внизу!

У трубы уже. Забилось сердце, как безумное, и рвется навстречу. Нет дыхания. Нет дыхания. Тихо. Пар шумит в трубе.

И опять: тук-тук! Молнией разрезало тишину.

В радостном вихре путаются и пляшут мысли. Не вспомнить букв.

-- Я слушаю.

-- Стук! -- упало снизу, дрогнула труба всем телом. Закричать хочется от радости. Понял тот, внизу, понял!

-- Кто вы, товарищ?

Молчит. Что же молчит он?

-- Т-с-с! Отвечает...

Звуки дрожащие, обломанные. Путаются, не сосчитать их. А если не поймешь?

Падает вниз и холодеет сердце.

Нет, нет! Надо записывать...

Все растут ряды непонятных цифр. А в них закутаны, спят человеческие слова -- точно листья в почках. Все растут... Сейчас развернутся, а с ними -- весна и золото-солнце.

-- Дзынь, дзынь!

Радостно вздрагивает труба. Слова бегут по ней искрами вверх, всю тишину -- сверху донизу -- пронизали жгучими змейками: свернулась, испуганная, серою пеленою, уходит...

Как много... Двенадцать слов!

Дрожит бумажка в руках. Надо положить на стол, чтобы прочитать.

-- "Я рабочий Александр Тифлеев арестован двадцатого декабря сижу пятая галерея привет товарищу".

Все громче звонят колокола, все светлее.

Милые, смешные ошибки и пропуски. И самые слова от этого -- не сухие, книжные, а живые.

Еще, еще читать -- жадно пить...

Привет товарищу! О, милый!

Отвечать -- скорее.

-- Сказать о новом, огромном, что нахлынуло, и о темном и душном, что было раньше, и о надеждах родившихся.

-- Я -- бывший студент Белов. Сижу один три месяца. Я вам рад. -- Кончил и мучился: не то, не то! Тысячи слов дни и ночи лежали скованные и должны были родиться теперь и не могли -- бились и мучили. Точно во сне: нужно крикнуть, а язык мертвый, чужой, неподвижный.

И еще без конца много нужно говорить. Кружатся мысли, падают где попало, как подхваченный бурей листок. Остановились.

-- За что сидите?

-- Убил...

Ровно ответила труба, спокойно. Опустились мысли. Тучкой разочарование набежало. Уголовный?

-- ...шпика, -- докончила труба.

Ага! Злой и яркой молнией сверкнуло, и радостная волна мести отхлынула от сердца...

* * *

Потушили лампы. Зашлепали-заплескались в гнилом болоте шаги в коридоре. Холодной струйкой вытянулся, стегнул свист. Заскрежетал зубами замок.

Затихло, кажется. Чуть слышно застучал Белов -- железным шепотом.

-- Не спишь?

-- Не хочется. Все думаю.

-- О чем?

-- Как шпика мы тогда убили.

И замолчали оба.

Потихоньку застучал опять Белов.

-- Расскажи. Все равно не спим.

Расскажет он, будет долго в темноте рассказывать. Взял Белов с кровати пальто, бросил на пол возле трубы, лег.

Луна взошла. Бродили лучи по камере, слепые, и было от них не светло, а только жутко: кто-то неуловимый, невидимый вошел в камеру и бродит по ней, слушает.

-- Ночью это было, -- начал Тифлеев. -- В селе. Возле монастыря.

Сразу вырезались перед Беловым стены -- белые, молчаливые. И колокольня -- строгая, тоскливо-высокая.

Радостно всмотрелся: исчезла прежняя недвижность души -- точно вымыли потускневшее зеркало. Как удар колокола -- каждое маленькое слово: бегут во все стороны, перегоняются, падают -- образы яркие, звучные...

-- Дзынь. Дзынь-дзынь-дзынь.

Медленно, тяжело стучит Тифлеев:

-- Ветер был сильный.

...Динь-динь-динь. Это маленькими колокольчиками перебирает ветер -- тоненькие, маленькие, в тоске и страхе мечутся, как испуганные птички в снег зарываются...

-- Назначено было ночью собрание. Ждали товарища из города.

...Точно черного налили в воздух. А там наверху огонек одинокий, чуткий: собрались в комнате и ждут. Говорят и опять молчат. И смотрят нетерпеливо в темную ночь, прислушиваются: динь -- ди-и-динь -- звонит ветер...

-- Привязался к нему шпик. Он на поезд -- тот за ним.

...Сзади -- молчаливый -- точно тень. Черным мраком закрыл лицо -- будто что-то гнусное, губительное скрывает. Все быстрей... И кажется, мчатся они уже в пустыне, и только двое их. С грохотом несется мрак и свистит мимо ушей. Искры вверх и вниз мечутся во тьме -- как безумные мысли...

-- Приехали. Он к нам идет, а тот опять сзади.

...Пустая улица. Крадутся по мертвым домам лунные лучи, с закрытыми глазами улыбаются на мокром, черном окне. И вдруг прыгнули назад. От колокольни длинная тень упала. Прячутся в нее оба -- друг от друга. А навстречу ветер звонит: дзинь -- ди-и-нь...

Уже не слушает Белов. Мешают лунные лучи, делают что-то сзади, нужно смотреть туда. Привстал, обернулся: бледное пятно на стене -- плещется беззвучно, двигается.

-- Откуда оно, отчего?

Смотрит тревожно назад. А Тифлеев стучит громко и неровно -- точно дрожат у него руки.

-- Что это с ним?

Вслушался.

-- Заткнули рот. Повели в лес около монастыря.

...Повели. Молча по темному двору несут. Собака завыла: увидела незнакомое, нечеловеческое, с белой головой, бьющееся... В лесу -- озираются, ступают неровно, ветки хрустят. Лунные лучи, слепые, натыкаются на деревья -- длинные тени ползут, качаются -- от ветра...

-- Положили на землю. Только один сказал -- отпустить его.

...Самое темное место. Черные, мокрые дубы костлявые руки расставили, ниже наклонились. Ветер примчался, в ветвях засел и притих. И они замолчали все. Одна мысль у всех была -- робко самый молодой высказал ее. И опять молчали. А потом вдруг заговорили все, задвигались.

-- Веревки не было. И стал я его душить платком.

Тихо стучал, медленно. Почувствовал, как Тифлеев рассказал бы ему это: наклонился и шепотом говорит, и глаза все шире раскрываются.

-- И я его утушил.

-- Почему утушил? Почему он говорит "утушил"? Вздрогнул. Слово было странное, мягкое, как человеческая шея, задыхающееся...

Замолчал Тифлеев. За окном ветер метнулся, притих. На полу лежал блик от луны и белел, мигал незрячими мертвыми глазами, точно лицо удушенного.

II

Опять рождался день и был такой же, как двадцать дней, как тридцать дней назад. И оттого все дни стали потом сливаться в одно огромное, тусклое -- точно развернулось бесконечное осеннее небо.

Было страшно остаться в сером одинаковом море дней и не знать, где берег -- и они стали отмечать их на стене.

Один день отметили крупным крестом: замерцала надежда в их слепом и глухом гробу. Ждали, что дадут свидание Тифлееву.

В субботу вечером позвали его вниз. Там скажут: будет ли это, или рушилось все.

А Белов лежал, весь измученный ожиданием.

Все не темнело. Долго перебегали тени по стенам.

Потом сразу мягкий сумрак разлился, расплылись жесткие линии камня и железа, все предметы стали мягкими и теплыми.

Все не шел Тифлеев.

Около головы кружилось ожидание и шептало что-то невнятное -- Белов напрягался весь, вслушивался. В самой глубине где-то, вся завернутая черною тьмою, рождалась мысль, он отталкивал ее от себя, весь загораясь страхом.

-- Ах, скорей бы, скорей бы...

Зажгли огонь. Тишина.

И вдруг просочились бледные, тусклые звуки: пели где-то вдали, медленно, торжественно.

Да ведь завтра праздник.

Слушал пение. Окутывало чем-то ласковым голову и баюкало. И потом сразу откликнулось далекое милое эхо.

Тихие подпраздничные вечера в большом доме: лампада щурится и сияет теплым светом, мебель и цветы кругом странно-новые, непохожие -- точно замолкли важно, ждут чего-то.

-- Где все это? Куда делось?

И казалось -- ушло назад, как тихие, кудрявые берега, и смотрит сейчас издали.

А вдали опять запели. Опускались потихоньку звуки, целовали.

Белов закрыл глаза. Было хорошо, вспоминалось самое светлое, самое любимое.

...Длинные, зимние вечера -- вдвоем, в мягком свете лампы с зеленым, надвинутым абажуром. Вместе с ней, с Лелькой, заглядывали в темную бездну "загадок жизни и смело стучались в глухую стену и прислушивались", к эху.

...Было что-то нежное и тонкое -- как взгляд, как запах. И оборвалось -- нелепо. Лопнули струны на половине аккорда -- больно!

-- А если оно вернется, красивое? Дадут свидание Тифлееву, можно будет передать ей письмо?

Буйно кровь застучала, забегал по камере.

И точно в ответ труба зазвенела...

Дали во вторник! Брызнуло светом и разнесло тьму, унизанную призраками. Забилось сердце -- точно начинало жить.

Белов остановился. Нарочно сказал себе:

-- Ну, что ж. Ничего особенного.

И опять смеялся тихим, как дыхание, смехом радости, закрывая рот рукою. Мыслей было никак не собрать: точно вырвались из клетки и носились над горячими волнами в светлом просторе. Не знал, что писать.

Потом взял бумагу -- давно уже была приготовлена -- и написал только:

"Я сижу в тюрьме. Камера 201. Хотел бы получить от вас письмо тем же путем, каким получится и мое.

Сергей Белов".

Подумал и прибавил: "Ваш Сергей Белов".

***

Передать письмо вниз, к Тифлееву, решено было в воскресенье вечером,

Весь день стояла в тюрьме праздничная тишина -- жуткая, томительная. Точно слушают все, что делается за стенами.

Там, должно быть, все живые и бодрые, как сухой морозный воздух, как праздничные блестки инея. Там, должно быть, яркое, смеющееся солнце, сверкающий жизнью смех на чистом, скрипучем снегу. И в светлой, яркой комнате -- радостная, кипучая работа рука об руку...

-- А это все, что казалось вчера радостью -- разве это жизнь?

Целый день лежал. Опять надвигалась издали пустота, и маленькой, тоненькой болью тоскливо ныло сердце -- ушло куда-то глубоко, и чуть слышно оттуда его стон.

Молчал весь день и Тифлеев. И казалось, что все в тюрьме молчат и глотают тоскливые, мучительные слезы. Неужели там, снаружи, может быть весело?

-- И Лельке тоже, может быть, хорошо -- с кем-нибудь?

Хотелось застонать протяжно и долго: а-а-а! -- как от боли.

К ночи небо стало тревожно-бледным и глубоким, точно убежало вдаль от пристального мертвого взгляда луны.

-- Будет видно письмо при спуске.

Белов нахмурился. Черные, смутные страхи закружились около, прятались по темным углам и выглядывали оттуда, холодными пальцами прикасаясь к нему.

...А если оборвется нитка и захватят, прочтут?

...А если уведут Тифлеева, и опять он -- один?

Опять вернуться назад, к прежнему?

Темно заглянул в бездну. Дна не было, и смотрело на него оттуда пустое, жутко-бесконечное, как небо в осенний ветреный вечер.

Вздрогнул.

-- Лучше смерть.

* * *

Когда все стихло и потушили огни, подошел к окну, открыл фортку. За окном кружился и рвал что-то и шумел ветер. Улетал и опять прижимался к окну, замолкал. Становилось совсем тихо и казалось, что если приглядеться, то увидишь приплюснутый к окну нос и любопытные глаза.

Было страшно начать. Чудился подкрадывающийся шорох, и сердце билось в тонком смутном тумане опасений.

-- Ветер будет мешать. Не отложить ли?

Оборвал себя злобно:

-- Что, трусишь?

Нарочно, назло себе, громко стуча ногами, подошел к кровати, нащупал под ней в темноте и взял все, что нужно. Длинная и тоненькая, с письмом на конце, гнулась палочка от тяжести и дрожала, и казалось, сейчас тихо, без треска переломится.

Осторожно взобрался на парашу. Сомкнулась тишина стеной и надвинулась сзади вплоть до самого окна.

Нащупал пальцем отверстие фортки в холодном медном листе: узенькое, даже палец не проходит. Продвинул туда конец с нацепленным письмом и опять вслушался назад, в тишину. Слышно было, как ветер шумел порывами, все сильнее -- будто все выше взбирался и обрывался оттуда вниз.

Из фортки шла холодная, морозная струя и упиралась прямо в тело.

Пригляделся. Было ясно видно -- письмо выдвинулось уже за край широкого железного подоконника и висит над пропастью.

Задрожало что-то в груди, голова закружилась -- точно сам стоял на краю, и смотрел вниз.

Распустил нитку. Двумя быстрыми, неслышными шагами подошел к трубе, бросил вниз тихим, замирающим стуком:

-- Готово.

И опять у окна. Опять холод из фортки, дрожат грудь и руки. За окном -- ветер шумит, шумит, кружится. Схватывает зубами письмо и бросается с ним в сторону, потом в другую. Качается письмо, как маятник, а он вдали, ветер, замолк, смотрит. Потом схватит письмо и прянет с ним -- вверх, и нитка висит, как мертвая, как пустая.

-- Цело ли письмо? И удастся ли Тифлееву схватить нитку?

Ожидание -- точно томительный, не перестающий звук. И вдруг подпрыгнули сзади шаги и ударили по рукам -- задрожала в них нитка. Тап-тап-тап -- около самой камеры. Остановились. Замер весь и закрыл глаза. Ноги длинные-длинные и далеко где-то. Голова громадная и пустая, и внутри падают секунды, как капли:

-- Два, три четыре...

Тихо.

-- Сорок пять, сорок шесть...

И опять в тишине отпечатываются звуки шагов: тап-тап-тап. Все дальше -- и стихли.

Вздохнул всей грудью, точно вынырнул из воды, глухой и холодной, и глотает свежий воздух.

Дрожат еще пальцы и ищут нитки. Опять ветер. Шумит за окном без конца, рвет из рук.

Тонет бодрость в светлом, видящем сумраке за окном. И уже отчаяние холодными камнями складывается в душе.

И потом, когда все кончено, и лежит он в постели -- все еще вглядывается в темноту, и тревожные шорохи стучатся в ушах. Бледнеет уже измученное небо и тают усталые звезды, а он лежит все с широко раскрытыми глазами и неровно бьющимся сердцем

III

Будет теперь свидание у Тифлеева только через неделю. Будет свидание и ответ от Лельки.

И вся неделя, все дни бегут мимо, незаметные, прозрачные -- и сквозь них, как месяц через облака, светит вторник и то, что придет с этим днем.

-- Что там? Праздник и светлое солнце? Или страдание извивается и немеет?

Белов ходил из угла в угол и ни о чем не мог думать. Брал книгу и смотрел в нее -- и слова были пустые, прозрачные, точно из стекла: одни буквы, бескровные, неживые, и нет в них образов.

Хорошо, что хоть Тифлеев постучал.

Постучал -- радостно рассказывал: в первой галерее, под его соседом, справа сидит товарищ Фома, арестованный вместе с Беловым, шлет привет и говорит, что скоро повезут Белова на допрос -- их уже всех возили.

Белов написал письмо Фоме -- короткими и сильными словами, полными силы и бодрости. Перечитывал письмо -- и было ему странно, что это писал он -- тот же самый, что неделю назад жил серый и придавленный.

Наутро Тифлеев выстукивал письмо вниз медленно и старательно. И так же медленно стучал потом, что письмо получено и что будет ответ.

А потом стоял по целым часам у трубы и не ходил на

прогулку, чтобы успеть к вечеру получить ответ от Фомы; и передать Белову. И когда Белов нетерпеливо стучал и волновался, Тифлеев говорил ему нежные успокаивающие слова -- точно мать.

Весь обвеянный теплым, мягко и ласково думал о нем Белов.

-- Как странно. Он душил человека -- такой нежный, ласковый...

Бежали мысли -- и вдруг застывали на месте, и опять вырастал вторник стеной, молчаливой и загадочной. Что там -- за стеной?

* * *

Весь вторник ждал. Притаившись, ползало за ним что-то невидимое и сторожило своею тенью каждую мысль. И вдруг пожирало все их, и наполняло собою все, и хватало за горло.

-- А если ее уже нет, Лельки, если и она взята? И долго, томительно звенело в воздухе.

До ночи ждал.

И только когда поздно ночью дрожащими руками вытянул из отверстия фортки и развернул -- поверил, что есть письмо.

Письмо от Лельки.

Точно во сне. Точно во сне это. Через сотни замков, из темной дождливой ночи пришло оно, маленькое, и прижалось к лицу ласково и тысячи слов обещалось сказать -- неслыханно-радостных.

-- Спасибо, -- кричит он Тифлееву.

Свечка вспыхнула -- и умерло ожидание и его тени. Наполнилась ликованием тишина ночи и засмеялась.

"Сергей, дорогой. Бесконечно рада узнать, что вы живы, по крайней мере. Всего можно было ждать. Чего только мы о вас не передумали. Мне больно очень, что никак нельзя помочь вам. Если что нужно -- напишите: большим удовольствием будет сделать что-нибудь для вас.

Эх, Сергей! Если бы вы знали, какие сейчас у меня мысли в голове... Мир хорош, жизнь хороша...

Помните ли вы наши разговоры? И то, что мы с вами говорили о любви. Ну, так вот...

До свидания, милый мой учитель диалектики.

Л."

Засияли в полутьме и запели мысли. И каждое слово ее, как звезда, поднималось во мраке. Ласково мерцало вдали и манило, недоступное и загадочное. И родились от этих слов и голубыми лучами дрожали новые, светлые мысли. Дышали и жили в полумраке камеры и называли его любимым. Любимым!

Снова читал он эти слова, которые уже любил, -- и они сливались в один аккорд, огромный, дивный, об одном все пели -- как сливаются вместе и поют об одном потемневшее от страсти небо, и истомно замершая вода, и сияющий звуками соловей.

Снова читал -- и вслушивался в полутени письма и неясный шепот.

...Мы с вами говорили о любви. Ну, так вот...

-- "Ну, так вот". Что это? Что они хотят сказать -- эти три маленьких слова?

Были они, как закрытые тонким, черным покрывалом: шевелилось под непрозрачным что-то живое и соблазнительное и шептало лукаво. Чудилось там -- под покрывалом -- горячее, ласкающее, захватывающее дыхание, и хотелось сорвать непрозрачное, черное -- и нельзя было.

-- А конец: милый мой учитель диалектики. Это она о длинных зимних вечерах, о горячих спорах... О, милая!

Тушил непослушные мысли -- отворачивался нарочно от них, притворялся невидящим. И опять возвращался к ним медленно, понемногу, и опять ласкали его, все разгораясь...

А за окном плакала бесконечными слезами непогожая ночь, одинокая, покинутая.

Посмотрел туда в окно, на слепое небо, окунулся взглядом в холодную тьму -- и неслышно, быстро ушло все куда-то.

Достала ночь своими длинными, холодными руками и щупает все, слепая, и радостно заливает огонь, загоревшийся в нем.

Хохочет злобно-холодный рассудок -- холодный и злой, как ночь.

-- Как мальчишка -- влюбился. Целовал письмо. Глупо как, стыдно! Одичал в тюрьме. И главное, чему радовался? Ну, чему радовался? Откуда выдумал, что она любит?

Падает сомнение холодными каплями -- хихикающее, торжествующее. Медленно, мучительно разгорается стыд.

-- Теперь, когда честные умирают, думать об амурах с какой-то девчонкой... Мерзко, позорно?

-- С какой-то девчонкой? Не смей так про Лельку, славную, хорошую. -- Кричало и грозилось издали могучее, молодое, родившееся недавно чувство.

-- Думать о какой-то девчонке!

Нарочно, назло повторил. Прошелся взад и вперед по камере, огляделся кругом: не было уже радостных, сияющих мыслей, растаяли призраки.

-- Вот уже ничего и нет. Это хорошо. Рассудок сильнее в нем.

Подумал и опять оглянулся, и увидел истину -- голую, костлявую -- как смерть.

-- И никакой любви нет...

Говорил и видел, как пусто, страшно и больно становилось кругом -- кончилось все.

А потом изогнулся перед ним и смеялся над ним и над гордом, рассудком мучительный и злобный, как дьявол, вопрос:

-- Зачем сделал это? Зачем отогнал радостные, красивые, призраки? Хотелось вернуться к старому? Увидеть старое -- голую истину -- смерти

Вот она -- смотри!

И что твой рассудок, гордый рассудок? Помог он тебе?

Этот вопрос смешал и перепутал все.

Прислушивался Белов к мыслям и всматривался в них и не видел дороги: метелью неслись они, разметанные в мелкие снежинки, и не могли остановиться, огромными туманными образами вставали и падали, звенели нежными, обманчивыми колокольчиками и плакали потом...

IV

В дни свиданий по вечерам тюрьма оживала. Где-то внизу, в нижних галереях, труба стучала глухим нутряным стуком, частым и дробным эхом говорили стены справа и слева, и у каждой был особый голос. А если приложить ухо к стене -- было слышно, как спешили и стучали в стену где-то далеко внизу, и звуки были совсем слабые, точно выходили из глубины земли, чуть заметны были -- как утонувшая в небе птица. Везде говорили и спешили поделиться жалкими обрывками жизни. Маленькие крошечные события раздувались и вырастали в огромные и наполняли пустоту их жизни. Из-за пустяков по целым часам горячились и спорили.

Тифлеев приходил со своего свидания поздно вечером и скорей стучал ждущему, взволнованному Белову: есть письмо. И потом в печальном свете сумерек рассказывал все новости свои и полученные от соседей, и все свои горести и радости.

А ночью Белов читал письмо и долго не мог заснуть, и думал потом целыми днями о письмах и о Лёльке.

Получил он от нее еще два письма. Одно было длинное и старательно рассказывало обо всех партийных новостях. А другое было теплое и ласковое, и опять туманно и неясно говорила она о том сильном, что переживает. Настораживался весь и прислушивался к ее словам, и они обдавали теплым и волнующим. Обрывок одной фразы, короткой и странно-красивой и гордой -- белой с черным -- врезался в память: "...любить, а если нужно -- мы сумеем и умереть". Ясно представлял себе, как она сказала бы это: взявшись за спинку стула и откинувшись назад, раскрывши глаза -- точно смотрела прямо навстречу смерти.

А его письма были все такие же -- притворно-насмешливые и притворно-ласковые, и в обманчивых тенях малодушно прятал он свое чувство.

И вся эта игра прыгающих и скользящих намеков, и ласковые и теплые лучи, которые прятались, казалось, за ее словами, и письма; в которых они говорили на языке, понятном только им двум, и вся эта любовь к ней издали -- все блестело и зажигало мысли, дразнило, как сверкающие водою и жизнью миражи в пустыне. Хотелось схватить руками, видеть ближе, ощущать.

И когда однажды принесли передачу от Лельки -- какие-то пакеты и коробки со съестным и целый сверток белья -- мысли хлынули вдруг, горячие, непослушные, и затопили волю. Платки, полотенца, простыни -- все было Лелькино, и ее тонкий, чуть слышный запах переливался в жилы и зажигал в них кровь.

Развернул простыню. Простыня была тонкая, красиво выглаженная. Увидел Лельку, такую же чистую и тонкую, и с таким же свежим, раздувающим ноздри запахом -- раскинувшуюся на этой простыне, спящую.-- Сердце рванулось, и вмиг охватило всего и толкнуло желание -- целовать это холодное полотно.

Одним порывом, в котором собралось все гордое, холодное, боящееся чувства, -- Белов сдавил, задушил поднявшее голову желание. Лег спать измученный, с бьющимся сердцем и кипящей кровью.

* * *

Еще дрожало в нем что-то и сладко ныло в груди, когда он проснулся.

-- Если бы правда!

Закрыл глаза и одним легким усилием построил опять всю странно-красивую и трепетную картину сна -- точно он не растаял еще и был где-то тут, в воздухе -- сдернуть только покрывало.

...Узенькие, длинные ступени -- как у древних греческих храмов. Со всех сторон свет, ослепительный, бушующий -- будто десятки солнц кругом.

Впереди идет она -- Леля. Медленно, как богиня, идет она, ослепительно сверкая телом.

И что-то яркое, горячее и бушующее, как этот свет кругом -- у него в груди. Весь во власти этого, и как слепой, как раб -- идет за ней, за богиней, и целует следы ее ног. И этого -- мало, хочется чего-нибудь еще более рабского, еще более унижающего.

-- Это -- любовь, -- говорит он себе.

И они идут дальше -- по белым и теплым ступеням. Все выше идут, и все ярче свет, уже и круче ступени.

Голова кружится. Страшно ей, страшно ей, смотрит синими глазами, испуганными, как ребенок, тянется. Скорее к ней -- взять ее на руки -- маленькую, слабую...

Уже рядом он с ней. И у самой груди своей видит ее золотые волосы распущенные, и в золотых волнах -- белое с розовым смеется -- ее маленькая, нежная грудь, так странно-близко. Так хорошо...

А сзади крадется кто-то, темною тенью давит вниз непонятно, шепотом нечистым шамкает: стыдно.

Меркнет свет и радость. И с болью говорит Белов вслух чужим голосом: стыдно. И стоит неподвижно, глаза опущены. Стоит неподвижно.

Вдруг видит маленькие светлые капли -- внизу на белых ступенях -- шевелятся, блестят. Слезы ее -- слезы!

С ненавистью к себе сжимает он зубы: ах, зачем это сделал, что-то жалкое и оскорбительное? И на коленях протягивает он руки, умоляя.

Сверху -- она опускает руки и прижимает нежно его лицо к себе -- прощая.

И он зажигается радостной силой и тысячью поцелуев приникает к ней.

И вот уже нет его: растворился в ее дыхании, в радостной ее близости. Десятки солнц пылают и кружатся бешено, и несут его куда-то. В пропасть, ослепительно-светлую.

И теперь Белов чувствовал, что желание, властное и могучее, как красота, чистое и свободное от стыда, как весенняя природа -- охватило всего и мучило, требуя повиновения.

Хотелось мучительно, чтобы она взяла всего его, и сама -- вся была его.

Хотелось видеть ее, Лельку, как во сне, с распущенными волосами. Хотелось любоваться каждым уголком ее прекрасного, нежного тела и медленно, благоговейно целовать его.

Хотелось, чтобы смеялась она -- серебряным смехом, счастливая и гордая.

Хотелось, чтобы плакала она -- чтобы целовать ее волосы, и глаза, и ее слезы -- и утешать ее, маленькую и слабую -- как ребенка.

Вытянулся весь, закусил губы.

Рвался изнутри нетерпеливый, стонущий крик от охватившего, ищущего -- и бессильного желанья.

-- Лелька, Лелька! Любимая моя, жена моя!

-- Да. Жена... -- повторил это слово, и оно было теперь строгим, таинственным и важным.

-- Ну да. Я люблю ее как жену. И счастье -- это она. -- Сказал он просто и ясно, точно говорил о чем-то старом, давно решенном.

Сразу заметил это, и заговорило в нем на минуту старое, недоверчивое, спрашивающее.

-- Почему она -- счастье? А счастье борьбы -- и победы или гибели? А мой разум?

И новый Белов радостно и смело ответил:

-- Это все -- кусочки жизни -- и борьба, и жизнь разума. И в них работает не все мое существо, и дают они не все счастье -- только кусочки его. Радостно пожертвовать собою, отдать себя в борьбе? Да? А если я отдам себя, свои мысли -- сначала ей, любимой, и возьму счастье, и отдам потом все -- и любовь и себя -- ведь жертва будет больше. И если в жертве счастье -- и счастье больше?

-- Ну да, да, -- радостно отвечал себе, оживая.

-- А жизнь разума, борьба, творчество -- ведь все это даст в тысячи раз большее и живое счастье, если сначала отдать его любимой и опять получить от нее.

-- И если желание счастья -- то, что двигает всеми людьми и всею жизнью -- а это так, то любовь должна родить тысячи красивых и смелых поступков и сделать их в тысячу раз сильнее, смелее и красивее.

- И те, которые говорят, что любовь может мешать...

-- Да ведь это я говорил, ведь это я, -- вспомнил Белов и улыбнулся снисходительно.

И почувствовал всем своим существом, и понял ясно и твердо, что без любви -- нет счастья, без любви -- страстной, сжигающей стыд -- когда двое любят тело друг друга, как свое, и любят ум, волю другого, поступки, как свои.

И что для него нет счастья -- без Лельки, без ее синих глаз, без ее маленьких рук, без ее нежного и горячего тела, без ее серебряного смеха, без ее острого и радостно-пытливого ума. Вспомнил, что в книге лежит начатое письмо к Лельке, к жене.

Изорвал и стал писать новое, не останавливаясь и почти что не думая.

V

-- Все ты говоришь о Леле. Любишь ее?

Ни на минуту, ни на миг не остановился Белов и простучал уверенно и твердо:

-- Люблю.

И когда Тифлеев стукнул быстро и звонко, точно радуясь его счастью, он добавил:

-- Очень.

-- А отчего свидание не устроишь? Ведь хорошо. А с невестой они дадут.

Удивился, как эта светлая и простая, как солнце, мысль не явилась раньше. С невестой, с женой -- должны дать. Если они люди... А бояться показать, что он знает ее -- теперь уже нечего. Ведь все равно после -- если она пойдет за ним...

Свидание! Счастье безумное.

Вдруг -- видеть Лельку, и слышать ее голос, и целовать...

Как если бы солнце середь ночи -- дождливой, холодной, мертвенной -- выпрыгнуло из-за облака и засмеялось золотистым смехом.

Да ведь оно уже почти взошло -- солнце. И если оно двигается -- солнце-счастье, оно совсем придет и без следа развеет тьму...

Как только отошел от трубы, вынул письмо. Было оно сложено длинной белой полоской и запрятано в корешке книги.

Выбрал свободное место на тонкой, мелко исписанной бумаге и писал:

-- "Опять, как вчера, я люблю тебя -- больше нельзя любить -- жду тебя, и твоих ласк, и твоих взглядов.

И если это так, если ты меня любишь, а для меня ты -- солнце и счастье -- подумай: можно добиться свидания. Придешь как моя жена. И я почувствую тебя, и увижу твои глаза...

Сердце бьется, как безумное, когда думаю об этом. Это будет".

И опять читал сначала, и опять становилось тепло и радостно: были эти слова рождены его любовью, как лучи солнцем.

Радостный и улыбающийся, он долго ходил по камере, а потом заглянул вниз -- на прогулку.

Захотелось чего-то отчаянно-мальчишеского, смешного, дерзкого.

Раскрыл мысли и перебирал их, и среди них одна лукаво улыбнулась ему.

И он положил губы на холодную медь фортки, пригнулся, чтобы снаружи не было видно, и во всю силу голоса крикнул:

-- Эй! То-ва-ри-щи-и!

Яркой, дрожащей пеленой повис крик над двором и заколыхался -- и все смотрели вверх. Ухнуло в камере эхо и, дерзкое, хохочущее, помчалось по коридорам, раскидывая по сторонам тишину.

Вдруг засуетились и забегали за дверями, зазвенели ключами, останавливались и спрашивали. Точно загорелось -- и проснулись все.

Потом стояли около его двери и говорили:

-- Это -- не он. Этот -- тихий.

Он слушал и хохотал, и ему было весело.

А солнце смеялось в окно, и лучи его щурились от смеха и кривлялись, переламываясь на наклонном подоконнике.

Снаружи у окна сели два голубя -- самец и самка. Самец был надутый и расфранченный -- в золотом воротнике вокруг шеи, а самка -- маленькая и кокетливая.

-- У-у-у! У-у-у! -- вдруг зарычал самец важно и громко. Распустил крылья и хвост, отошел в сторону от самки, закружился там. Смешно топтался ногами и приседал.

А самка притворялась, что ничего не видит и ничего не понимает, и старательно клевала железо подоконника.

Белов смотрел на них в упор в отверстие фортки и вдруг не выдержал и фыркнул.

-- У-у-у! У-у-у! -- опять затоптался и надулся самец.

...Ну точь-в-точь -- люди, когда они кокетничают и притворяются -- перед другими и перед собой, -- что они ничего не понимают и не знают, что их влечет друг к другу и чего они ждут один от другого. И как этот расфрантившийся самец, так же глупо и смешно рядятся друг для друга, а сами ждут видеть один другого без этих глупых воротничков, и корсетов, и перчаток.

И обманывают друг друга словами и поступками, и сами себя, и стараются скрыть свою любовь, как что-то стыдное...

Вспомнил о своем последнем письме, изворотливо и хитро говорившем между строк о его чувстве -- о письме, которое изорвал.

-- Дурак, как этот самец, -- обругал себя с досадой.

А самец в это время подбежал уже к самке. Собрал хвост и опустил перья на шее и на груди. И все его тело изящное и стройное, и сильная, выпуклая грудь, отливающая золотом, -- обрисовалась теперь ясно и красиво. А самка перестала глупо клевать железо и, подняв голову, смотрела навстречу покорным и ждущим взглядом.

Крылья плескались и трепетали в воздухе, глаза подернулись красивой прозрачно-голубой пленкой. А солнце играло с золотистыми перьями и ласково смотрело на них.

Оба они были красивы теперь. Любовался ими.

-- ...Глупы и смешны, когда влюблены, и хороши, когда любят. Как люди, -- сравнивал опять Белов.

Была суббота. Ударили в колокол -- и звуки долетели сюда слабые, слепые, дрожащие. Стукнулись -- мягко и робко -- в окно, в лицо Белову, в голубей. И они улетели -- счастливые, любящие.

На минуту стало пусто и грустно в камере. Солнце заходило.

-- Когда еще я буду не один, -- подумал он с тоской.

А любовь -- сильная и живая -- встала перед ним розовыми, последними лучами солнца и улыбнулась укоризненно и весело: разве он не верит ей?

Заворожила верой -- могучей и крепкой -- и легко, одним толчком, отбросила далеко и тоску, и страх, и отчаяние.

* * *

Зашевелились и загремели в коридоре. Отворяли одну камеру, потом другую -- верно, повели их в церковь. Вдруг застучали, вошли двое.

-- В город. Приехали за ним...

На допрос! Забилось сердце сначала тревожными и быстрыми толчками, а потом веселыми и легкими.

-- Это -- борьба. Это -- весело. -- Он почувствовал в себе силу, смеющуюся, вызывающую. Тряхнул головой -- едем!

Улица. Небо -- громадное, невиданное, новое! Взмахнуло над головой звездами -- их тысячи смеются наверху.

А дома, дома! Разные все стоят, большие и маленькие. Дома -- милые, светлые! И мальчишки бегут. Мальчишки!

В карете черные шторы. Рядом сел человек в серой шинели, в бороде, с револьвером. Борода -- как у унтера -- дядьки в гимназии.

Застучали, покатились. Странно как: ехать вперед, вперед, далеко... Голова кружится.

-- А! свернули куда-то?

Конки звонят, бегут. Над ухом лошадь фыркнула.

Посмотреть туда на живых. Ну, чуть совсем.

-- Чтобы не видно было снаружи? Хорошо, хорошо.

...Людей сколько, Господи!

Студент с девушкой -- за руку. Милые, хорошие. Ну, постойте, ну, секунду еще!

Фонарщик лезет. Успеет зажечь, пока доедем? Ну?

Шум, шум, веселый -- и сразу точно лопнули струны: темная, пустая улица. Что там в этом домике -- за светлым замерзшим окном?

Бегут, спешат мысли, подпрыгивают, скользят... Катится

карета...

-- Трак! -- щелкнула дверца, дохнуло холодом.

Темный двор, шаги сзади. Узенькая, грязная лестница и коридор -- длинный, угрюмый. Вниз куда-то...

Странная комната с сумрачными сводами. Лампа вверху -- обрезает темноту, а внизу еще непонятней клубится и копошится она.

А! тут ждать...

Шевелятся фигуры в углу -- темные, без лиц. Головы качаются -- и свечка качается удивленно. Смеются хрипло и делают что-то. Что?

Вот, у стола, круглые и четырехугольные ящики и длинные, круглые валы. И темная, плотная стена печатной бумаги.

Опять пригибается свечка и тусклые, испуганные взгляды бросает кругом.

Снуют и шепчутся физиономии, с поднятыми кверху усами и стеклянно-блестящими глазами. Шушукаются и сталкиваются за спиной и опять бегут мимо... Противно, противно...

-- Как долго!

Секунды бегут, минуты, тени, лица... Опять лестницы и коридоры -- и вдруг свет, холодный, яркий.

Двое их -- ждут за столом, двое -- кольнули взглядами.

Злое, насмешливое шевельнулось и потянулось к ним через прищуренные глаза и улыбку.

И началась игра, острая и страшная, как танец на канате, и приятная, как заглядывание в пропасть.

Со смехом бросал им нить и дергал ее. И они бежали за ней и хватались за нее, радостные, торжествующие. Сдается он уже, тише и короче говорит, а глаза смеются, и на губах шевелится и жалит змея.

И сразу выдергивает нитку -- летят они навзничь и, смущенные, стараются незаметно подняться.

Молчат секунду, роются в белых листках -- шуршат...

Вытаскивают и заносят над ним самое тяжелое, острое.

И рассекают пустой воздух:

-- Ну-с, на сегодня, пожалуй, этого развлечения достаточно? Не будет он больше отвечать. Скучно.

Сверкают зубы, и глаза щурятся, смех дрожит в них...

-- ...Если бы Лелька все это видела! И опять карета, темные и светлые улицы, и мягкое покачивание на рессорах...

*** *

Теперь Белов знал, что его ждет. Длинные, темные годы пойдут медленными, тяжелыми шагами -- в кандалах.

Но это уж не шептало черных мыслей -- как раньше, и было на душе бодро и радостно: завтра придет от нее письмо, и в нем -- ее любовь.

VI

Проснулся и лежал, закрывшись с головой, вытянувшись. Темнота лежала вместе с ним, теплая и мягкая, и только там, где были ноги, пальто не хватало -- пробирались лукавые, смеющиеся лучи, толкали и будили тьму. А вытянутое и гладкое пальто смотрело сверху, как крышка.

-- Так в гробу буду лежать. И так же темно будет. А сверху будут лезть черви -- слепые, жадные, скользкие...

И так нелепа и невероятна была эта мысль, что ей нельзя было верить. И не поверил. Страшно ничуть не было -- он засмеялся даже.

-- Не может быть. Не умру, -- подумал Белов спокойно и уверенно.

Окно было запушено ночной вьюгой -- точно чем-то теплым и мягким завешено снаружи. Лучи ударялись о снежинки и блестки и щекотали их, а те смеялись и сияли глазенками, и шутливо отбивались от них, отбрасывая ледяными искорками.

Было весело -- точно звонили, переливались, подплясывали в воздухе колокола.

И сплошная, одинаково радостная, непрерывающаяся -- как звон колокола -- была кругом в воздухе мысль о том, что сегодня это должно случиться, сегодня должно прийти письмо.

Радостно было и ждать, что сейчас отворится тяжелая дверь, и камера с густым и вонючим после чистки параши воздухом останется позади, а он будет дышать холодом и свежестью.

Быстрыми и легкими шагами ходил Белов в своей клетке.

Было легко -- точно весь тянулся кверху.

Там -- небо, чистое, синее. Засмеялась весна -- далеко еще где-то, за морем. Резвый и чистый, как звон серебряного колокольчика, долетел смех, перегнулся сюда -- в темный колодец смотрит голубым, ясным взглядом и звенит в душе.

Воздух -- как хрусталь, холодный и чистый, а сквозь его грани тысячью огоньков мигают и смеются тепло и жизнь -- чуть видно их, далеко еще они.

Облачко навстречу плывет -- золотисто-розовое, мягкое. Купает свое нежное тело в голубом море и плывет навстречу весне и далекому невидному солнцу.

Хорошо там вверху. Без конца плыть вперед...

Карабкалась мысль вверх на головокружительную высоту и останавливалась. Опять поднималась и останавливалась, снова ползла, и все-таки оставалось перед ней что-то непонятное.

И от этой синевы, в которой тонул и задыхался взгляд, начинала кружиться голова. Уплывали мимо серые с черными окошечками стены, и сам плыл куда-то, покачиваясь, на дремлющих, неслышных волнах.

Закрыл глаза. Было легко, и казалось, под ногами нет земли. И мысли были легкие и светлые -- точно из лучей и хрустального воздуха.

* * *

Когда шел назад -- душная и темная тишина тюрьмы побежала навстречу ему. И когда был наверху -- она собралась и прянула снизу -- огромная и зловещая.

Заглянул в лицо ей дразнящим и смелым взглядом и засмеялся навстречу ей: не боится он -- сегодня ждет его письмо. Оно уже написано, и близко где-нибудь, и любовь с ним.

Потом глухая камера проглотила ею. И камень задышал в лицо, и решетка хотела сковать мысли -- а ему было весело: она скажет ему сегодня, что любит. Скоро это будет, скоро.

Весело-золотистое облачко смотрит еще в окно, и весна, и жизнь издали смеются. Что ему решетка? Что ему стены?

Вот и Тифлеев ушел уже на свидание. Опять стало тихо, как замолчал его стук.

Смеркается. Часы зазвонили. Ну, скорее ночь, скорее радость...

Отчего вдруг такое темное, хищное стало небо и так страшно улыбается в окно?

Все равно! Не страшно -- письмо уже получено! И это самое окно, и ночь помогут ему...

Как темнеет! Умерло уже розовое облако, и душа его, легкая, прозрачная, сотканная из солнечных лучей,-- улетела, и глядит в окно тяжелая сине-серая туча. Она -- мертвая. И в ужасе бегут от нее, мечутся последние лучи.

Мертвая, тяжелая, повисла над головой. Холодно...

-- Ничего. Опять загорится радость и согреет -- ночью прочтет он письмо...

* * *

Свечка горит. Кругом нее тени прыгают. И она кивает им, и говорит им на незнакомом языке -- останавливаются, насторожились...

Вот оно, письмо, вот оно!

Розовым отливают тени, шепчут о любви, о прекрасных, обманчивых призраках...

"Сергей, мой милый товарищ! Вы, бедный, измучились, фантазируете, нервничаете, экзальтированный стали какой-то. Ну, разве можно так письма писать?

Боюсь не сделать бы вам больно, мой бедный. Я готова помочь вам всем -- смело обращайтесь ко мне, но о свидании нельзя и думать: я уезжаю на днях со своим женихом. Его высылают отсюда.

Простите, что пишу это так прямо. Я знаю, вам не надо жалких слов. Ведь вы найдете в себе достаточно силы?"

-- Что это?

Пламя вытянулось кверху -- длинное, и все тени вытянулись -- длинные -- и слушают.

А он улыбается. Глаза неподвижные. Замерли на одной точке -- нельзя, сойти с нее, нельзя двинуться: кругом бездонной пропастью обступает ужас. Губы улыбаются и дрожат на мертвом лице.

-- Ничего, ничего. Это -- так. Не может быть, ведь...

Чудо? Нет чуда.

Простые, понятные и беспощадные, как смерть, слова охватывают мысли; рвут и топчут душу, с дикими воплями разрушают в ней все.

Умерла на губах улыбка -- последняя в жизни. Умерла жизнь. Осталось чужое, страшное.

-- Нужно найти в себе достаточно силы...

И знакомая пропасть вниз, полная смерти и молчания, раскрылась перед глазами.

Метнулось последний раз пламя красным стонущим

блеском и потухло.

...Утушил -- вспомнилось вдруг странное и страшное слово.

Сел на кровать. И казалось, рассудок, помертвевший и придавленный, вдруг вырвется и помчится с диким, безумным хохотом, и дрожью, и воплями.

VII

С утра качалось страшное, нелепое, невероятное -- как если бы он сам стал выдавливать себе глаза и резать медленно пальцы. И когда он оглядывался на себя и на сухой, распаленный вихрь своих мыслей -- он не верил им. Казались они ему чужими -- и он не имел над ними власти.

Красным огненным потоком злоба залила его. И в урагане кружилась, и бросала вверх и разбивала о землю. Свою любовь разбивал он, сам себя разбивал. Скрежетала зубами его гордость, и металась, и падала в одном вихре со злобой, и визжала, и засохшими губами шептала проклятия.

Одно и то же видел он: сидит она у него на коленях -- у другого, обвила его шею голой рукой, и погружает в его глаза свои, синие, и ищет там свое отражение.

И он самыми грубыми словами оскорблял ее -- святыню, любовь, душу, ее -- чистую, любимую Лелю. Плевал в лицо своему Богу и ударял его, и топтал ногами. И это было чудовищно и нестерпимо больно.

Он рвался к ней, к милой, к любимой, к счастью -- чтобы кланяться ей, как Богу, чтобы жить для нее.

А она отворачивалась и не видела его любви, его безумного поклонения раба. Никто не мог так любить ее, а она не смотрела.

И опять потухало солнце, падал мрак в его душу, и кровавые, дымные тени бесновались и грызли -- с визгом, и убивали себя.

Бегал по камере, кусая губы. Прижал руки к лицу -- до боли. И потом бил кулаком по стене изо всей силы -- искал боли, и зарывался головой в подушку.

Из темноты, низкая, приподнялась из земли мысль и показала свое подлое, злобно смеющееся лицо и оскаленные, гнилые зубы.

Вздрогнул и отвернулся -- так отвратительна и гнусна она

была. И опять поднялась она, эта мысль, и встала во весь рост. Как дьявол была в дыму злобы, отвратительная и манящая. И Белов пошел за ней.

Взял все письма. Была там вся она, чистая и любимая, были ее нежное сострадание и теплая ласка, и слова утешения. Были это ее письма, которые были для него самым святым в тюрьме и которые целовал он.

Взял письма и разодрал их. И бросил в самое гнусное место, куда не бросал даже своих плевков -- бросил их в парашу.

***

Ночь спустилась над тюрьмой тяжелой, мраморно-черной плитой. Придавила тысячи страданий, тысячи людей заснули и забылись, а он не спал.

Ползали и копошились в темноте мысли, как могильные черви. Точили, его мозг. И все красивое -- чем он жил, все разлагалось и показывало свои кости -- пугающие и отвратительные.

И в этом смраде смерти родилось письмо -- безумное, нелепое, злобное. А поверх злобных и диких слов прорывалась любовь, могучая и неистребимая, росла поверх -- как белые душистые цветы на могиле.

Хотелось, чтобы скорей получила она это письмо -- точно это могло вернуть ее. Молил Тифлеева об этом. Пусть бегут за ней, пусть бегут, пусть ищут, пусть пошлют туда, куда едет она.

Опускал его в холодную тьму, куда-то глубоко вниз, опускал дрожащими, холодными руками. А в глазах и где-то там -- за глазами, в темном, горячем мозгу, все росла нестерпимая боль, все глубже рылась корнями и распирала череп.

Потом на один миг, казалось, рассеялась тьма и все задохнулось -- когда выпустил нитку из рук. И опять захлопнулась холодная, мраморно-черная плита и проглотила все.

Письма упали. Их найдут: Было это теперь все равно. Самое страшное уже случилось.

Всю ночь он не спал.

***

Пришло серое, неживое утро, а он все лежал с раскрытыми, неподвижными глазами. Вдруг лампочка загорелась и смотрела, бледная и измученная. Медленно повернулся к ней.

Потом люди пришли -- четверо, и наполнили камеру шумом и говором, незнакомым и новым. И казалось, они двигались неслышно, и неслышно раскрывали рты, и махали руками, а звуки жили отдельно и все были в одном месте -- точно выходили из какой-то трещины в своде. Было все, точно во сне.

Искали везде. Наклонялись и поднимались -- неслышно -- и бросали белье, и потом сидели по углам, и тогда не было видно их лиц. Брали книги и высоко поднимали их, перелистывались неслышно страницы и пестрели, белые, в глазах -- это было неприятно. Прятались под кровать.

И потом вдруг грубо перевернули его и поставили на ноги, и ползали по телу грязными руками. Холодные руки клали на одно место и долго держали так зачем-то. Потом двигались дальше и сжимали его со смехом.

Смеялся один из *них* и говорил наглые, грубые, бьющие в мозг слова о какой-то девушке -- и потом все смеялись грязным, ползающим по телу смехом.

Острой, холодной ладинкой упала в раскаленном мозгу мысль: это -- знакомое, это -- он слышал.

И вдруг ужас перед сделанным захватил дыхание. Это были -- его слова! Это -- он писал! Нашли письмо -- и повторяют его слова -- о Лельке. Из письма, из письма...

А хохот еще дрожал, и издевался, и плевал -- в его Лельку. Туманом застлало глаза.

Размахнулся и ударил одного -- в лицо, в смех. Голова назад покачнулась -- ах, хорошо.

Упало что-то горячее на грудь и на темя -- сзади. И потом поплыло в красном, жарком тумане. Мысли утонули в черном...

* * *

Темно на дне...

И вдруг -- точно повернули внутри кнопку электрической лампы. Очнулся -- и все случившееся вздрогнуло и проснулось в сознании и стало понятным и болезненно-ясным -- точно вырезанное из мрака молнией.

Одинокая и резкая, как шпиц колокольни в грозу, забелелась на темном и кольнула мысль.

-- Значит, конец.

Дрожь пробежала, будто что-то тысяченогое, по телу.

Потом зазвучал вдали неясно и чуть слышно какой-то

вопрос -- и Белов закрылся от него. А он летел с бешеной быстротой, точно одинокий локомотив, и бил уже в набат, мчался и потрясал воздух, и грозился свалить.

Поднялся Белов и пошел, легкий, качающийся, точно он не имел весу.

Стоял у трубы и уже знал в глубине он, что нет Тифлеева, и зарывал эту мысль старательно и хотел не смотреть на нее.

-- Тук-тук-тук, -- сверкнули звуки и тысячу видений осветили в душе.

Страшно было поверить сразу. Еще постучал.

И поднялось молчание снизу, выросло и расширилось. И стало огромное, как мир, как ужас.

Месяц смотрит бледными глазами и молчит. Темнота стала мертвой и холодной. Вздрогнули и замерли стены.

И внутри все замолкло, и стало темно и холодно.

-- Динь-дон! -- прозвонили тюремные часы и застыли.

И опять раздвинуло молчание свои черные, мертвые крылья и обняло ими все.

VIII

Небо в отчаянии закрыло лицо темными тучами. Тяжелые, теснятся они и подступают, как комок слез к горлу, и каждый миг готовы прорваться рыданиями.

Нет сил больше смотреть на мертвый пустой двор. Хочется броситься на эти остатки снега, упасть ничком и рыдать без конца...

А колокола все звонят, все звонят. Тусклыми, серыми змейками заползают в мозг звуки и мечутся в тоске, перегрызают мысли и терзают: ведь надо думать, надо думать.

Сильнее сжимал он голову руками и качался. И мысли качались и бились с болью в виски.

Потом зловещим заревом вспыхивало и освещалось все:

-- А если нашли у Тифлеева ее адрес? И если уже взяли ее теперь? -- Пылали щеки, и сухо становилось во рту, и дрожали колени.

И вдруг подумал -- точно толкнули сзади.

-- Нужно посмотреть в зеркало.

Оттуда глянуло сначала что-то серое и безжизненное и

странно глубокое -- непонятный, страшный мир. А потом он узнал себя. Глаза ушли вглубь -- будто наступало на них, всё ближе, страшное -- и они пригнулись, притаились и прыгнут сейчас с криком ужаса. А лицо было желтое и плоское, с кровоподтеками и синими пятнами -- точно смерть уже грызла изнутри, как у трупа.

И жестоко, с ненавистью сказал себе:

-- За это было любить его? За такую красоту и силу?

-- Или, может быть, в нем -- сила ума и пылающая сила слова?

И со страданием ответил кому-то холодному, безжалостно спрашивающему, кому он не смел говорить ложь:

-- Нет. Все в нем обыкновенное.

И это простое слово звучало страшное, безнадежное, как приговор. Скрежетала зубами ненависть к себе, казался он себе маленьким, ничтожным, которого хотелось сбросить, прибить. А тот, кому отвечал он, вставал еще суровее и неумолимее и точно давил книзу тяжелой рукой. Из-под тяжести выскользнула и тускло блеснула мысль, пригнувшаяся и жалкая, просящая, как нищая.

-- А мои страдания? Разве они ничего не стоят?

И с усилием ворочая мыслями, точно камнями, он ответил:

-- Нет. За одни страдания нельзя любить. Ведь больные отвратительными болезнями, трусы, самые гнусные предатели... их страдания -- больше всех. И тем больше, чем гнуснее и отвратительнее они...

И опять смешались все мысли, забывал он, о чем думал, и мучился этим, и спрашивал:

-- Ну так что же? Ну так что же?

Сбрасывал с головы подушку, приподнимался на кровати и качался, весь белый, как в саване.

Опускалась мысль о смерти, понятная и близкая.

Метался, и хотел забыться и отвернуться, и этого нельзя было сделать: точно падали куда-то без конца мысли и видели перед собой только дно, конец, ужас. И все быстро мелькало мимо -- как стены, пустое и гладкое, и нельзя было удержаться.

Гнилым, чахлым деревом трусливо высунулась мысль -- ухватился за нее, на миг, перестал падать.

-- А жить для борьбы с ними, для мести?

И обломилась сразу: заглянул он в себя и не увидел уже ни

злобы, ни сил, ни воли. Уже умерло все, и трусливо шевелилась и хотела лгать полураздавленная жизнь, отвратительная и мертвая, как гнилая рана.

И он отбросил ее ложь и опять стал падать вниз, вниз.

Кружилась голова. Хотелось сесть и ждать, не двигаясь, того страшного, что должно было прийти и обрушиться.

Мучила жажда -- точно в горле был насыпан сухой горячий песок.

* * *

За стенами холодная тьма дрожит и слушает: ничего не слышно снаружи -- только вода булькает в трубах.

Это ворчит чудовище из железа и камня, и грызет свои жертвы, чмокает и сосет потихоньку.

А они -- живые еще. И бьются о стены пылающей головой и бледными руками. Уходят далеко вглубь глаза и обводятся черными кругами, и делаются громадными. И протягивают все руки в темноту, напитанную их стонами, и молят, и ждут: неужели никто не услышит?

Никого. Одна ночь слушает и молчит.

А потом, когда уже замолкли все они и лежат неподвижно, и кажется, что умерли -- она бледнеет и двигается беспокойно.

Бледнеет и обливается холодным потом -- точно приняла в себя все муки, какие видела.

Качается мрачная ночь из стороны в сторону и в клубки собирает свое тело -- корчится. Шевелится мрак и со стонами раздвигаются его недра, бледный рассвет рождается из них, заливается кровью.

Из темных углов, полных мохнатой пыли, ползут душные сны.

И кажется ему, что он стоит на пустынном берегу.

Не видно ничего -- ни впереди, ни сзади, ни по сторонам -- не видно ничего, кроме одного только тумана и раскрытой пасти волн у ног.

Он не темный туман -- он светлый, и еще страшней от этого: светлый -- он видит все, и каждую мысль хищно сторожит он. Серый, мертвый, удушливый, как тюремные стены, -- туман.

И нет от него спасенья, и некуда бежать: ведь никого кругом, кроме серого тумана и молчанья могилы, а волны в этом молчаньи бьются, как мысли, и нет им выхода, звуки их -- неживые.

В них спасенье от тумана, в тумане -- от них.

С болезненным любопытством и с ощущением чего-то постороннего под ложечкой еще раз заглянул в суровые, зеленые волны.

Точно огромная глыба льда, вырос внутри ужас. Медленно, с трудом Белов вытянул руки и вздрогнул всем телом.

* * *

Один миг радости: все это сон. Живет еще тело, и чувствует он, как двигаются руки и ноги и смотрят глаза. Во сне это было -- страшный туман и смерть.

Ласковый день наклонился над ним и осыпает его молодыми весенними лучами -- точно цветами. Резвые и бодрые, разрумяненные утренним холодом, прибежали звуки со двора и толкают шутя друг друга. Это дрова пилят внизу, и смеются там, и голуби воркуют.

И он видит это и слышит!

А вот на крышах солнечные лучи целуются со снежинками, родившимися ночью -- невинными и нежными. И радостно умирают снежинки под весенними лучами, и новые отдают свое тело их любви -- и рядом идут смерть и любовь.

-- Вот и жизнь. Вот и весна, -- подумал он.

И глянул со страхом внутрь себя: никакого эха не дала там мысль -- точно была там глухая, мертвая стена.

Искал смысла слов -- и не находил. И стояли они перед ним пустые и прозрачные, как хрусталь, с которого слетели переливавшиеся в нем и волновавшие его солнечные лучи.

Стоял у окна. Мимо ушей ветер шелестел, и голова кружилась, была странно-легкая -- от пустых и прозрачных мыслей. И оттого, что смотрел он в эту пустоту, и оттого, что шелестел ветер, казалось, что нет у него тела, и поднимается он вверх и видит внизу себя: стоит, прислонился к стене, оборванный и бледный.

И было странно, что умер или девался неизвестно куда гимназист Белов, розовый и веселый, молившийся Богу и боявшийся Его, и умер студент Белов, сильный и молодой, любивший жизнь и борьбу. И казалось бессмысленным и странным, что теперь этот бледный и обросший человек был тоже Белов, и что заперт он в вонючей комнате и думает о смерти. И нельзя было этому верить.

Долго стоял и смотрел в дверь -- в одну точку. Не хотелось сдвинуть взгляд и переломить его -- прямой, неподвижный.

И вдруг железная дверь стала сразу живой и страшной.

Раскрыла свой глаз -- с визгом, будто скрипнула зубами и злобно выдвинула вперед нижнюю челюсть.

Раскрыла свой глаз и смотрела пристальным, длинным, как бесконечная проволока, взглядом. Извивался и острыми крючками цеплял кровавые раны. Переплетающимися горячими тенями и дикими стонами наполнился мозг.

Стоял в одной рубашке, с безумным взглядом.

Пробежало что-то в груди -- и вырвалось криком -- точно брызнуло кровью.

Добежал до кровати. Забился в подушку.

Целый день лежал. Точно на дне, придавленный глубиною бездны. И там не было ни времени, ни пространства, ни света, ни воздуха, ни мыслей.

Не смел пошевельнуться, ни встать, когда принесли обед, ни выпить воды, чтобы утолить жажду.

Не было времени. И не знал, сколько лежал так -- час, три, пять. Когда остановились около его двери шаги, и он открыл глаза -- ясного, светлого дня уже не было.

Отворили двери, чтобы вести его на прогулку.

-- Пора? -- сказал он вслух, и показалось, что это кто-то другой сказал незнакомым, хриплым голосом.

И от этого слова передвинулось в сторону сердце, и точно разорвало что-то внутри и ударяло в рану больно и неровно. И эта боль -- где-то внутри под ложечкой -- была странно-знакомая и недавняя.

Не мог никак вспомнить, когда это было.

-- Да когда же? Да когда же?

Несколько мгновений стоял на месте и мучился, и потом вспомнил, что это было во сне.

Надел пальто и шляпу и плотно застегнулся. Отворил зачем-то фортку и двинулся вперед в темноту.

Ноги были чужие, и весь он был страшно тяжелый -- и гнулись оттого, и дрожали колени.

А потом дрожь побежала выше -- по спине, и по животу, и по груди. Точно замерзло все снизу в душе, и было мертво -- и только на поверхности дрожала рябь, бледная и холодная.

И подумал он:

-- Я дрожу.

Он прикусил губы и сжал в кармане руку нарочно, чтобы сделать себе больно. Нащупал что-то и вытащил. Платок. Пахнуло вдруг знакомым запахом, острой яркой болью ударило в голову.

И опять все погасло, и потемнело в глазах. И ни одной мысли не родилось уже более.

До угла галереи, до поворота оставалось восемь шагов.

Все быстрее мелькали мимо темные ниши камер, и хотелось забиться в мягкую темноту и закрыть голову руками -- и нельзя было: точно толкало сзади, и все катился он вниз.

На углу повернул назад тот, что шел сзади и гремел ключами -- пошел отпирать другую камеру.

Белов был теперь один. Остановился и заглянул вниз.

Там светилась тускло лампа -- открыл кто-то мертвый глаз и смотрел нетерпеливо, как будто ждал.

Тихо -- точно сейчас только с шумом и с грохотом рухнуло огромное здание, и ничего нет уже, и только пыль беззвучно летит в воздух.

И отвечая неумолимому, страшному, сказал себе:

-- Когда тот щелкнет замком.

И перегнулся вниз. Надвинул шляпу -- нужно было, чтобы она не упала.

Вдруг вырезался из тьмы весь его вчерашний сон. И когда звякнул замок, он почувствовал в груди тот же самый странный и страшный кусок льда. Все рос и наполнял его дрожью с ног до головы.

Глотнул, задыхаясь, воздуха и вытянул вперед руки.

Точно сверкающий нож, воткнулся острый крик в мягкое тело тьмы. В одном безумном вопле слился весь мир и провалился с треском в красном пламени.

* * *

Череп весь треснул и залился кровью. И из черной дыры белый, шевелящийся, живой выползал мозг.

И все сбежавшиеся стояли кругом и боялись подойти и взяться: мозг должен был вывалиться и упасть на пол. Боялись этого.

1907

Девушка

Желтый старый дом на пустынной улице стоит, как осеннее голое дерево с черными ветками, вырезанными на прозрачном вечернем небе. Темные, пустые окна -- без занавесок -- закрыты всегда. Одно окно, с краю, забито досками.

Ночью выступят и мерцают звезды. Между пустыми, тяжелыми скалами тьмы вьется ветер вверху. На крыше скрипит пронзительно ржавая флюгарка. Идут мимо, услышат -- вздрагивают, поднимают вверх головы: там темные четырехугольники окон, как портреты умерших стоят, а в одном окне шевелится синий язычок свечи с тусклым ликом вокруг. Посмотрят, покачают головой, идут мимо.

Девушка в старом доме слушает шорох шагов их и думает:

"Не он ли? Когда же придет он, неведомый, милый, прижмет, унесет с собой? Или никогда не придет?"

И опять всю ночь держит на коленях книгу и читает чужие слова. Чей-то прозрачный и тусклый лик колеблется вокруг свечки.

К утру свечку тушат, и черный крючок фитиля, недобрый, ночной, согнувшись, смотрит навстречу дню.

На черном крыльце, на ступеньках, старая Кузьминишна сидит, а рядом с ней барышня, Вера. Раскрыла старуха коробочки жестяные от чаю, а в них деревяшки пустые из-под катушек, большие пуговицы старомодные от дипломатов, аграманты, бархатные лоскутки. Раскрыла, перебирает, что-то сама с собой говорит.

-- Кузьминишна, никак уж стучат, -- говорит Вера.

-- И то, и то, барышня.

Спотыкаясь, идет Кузьминишна долго. Спрашивает: -- кто там? Приоткрывает чуть-чуть калитку, несет газету барышне, мелкими шажками по заросшему двору идет. Куры кудахчут где-то.

-- Ничего больше?

-- Нет, ничего. И неоткуда.

Уходит Вера в дом, сидит у окна, читает газету, как сказку,

которой не верит.

Вот двое, девятнадцати лет и двадцати лет, любили друг друга и вместе умерли в поцелуях. Далеко где-то большие города, и люди бегут, говорят друг с другом. А может быть, ничего этого нет, есть только их дом старый, с Кузьминишной, с матерью, с ползучей дневной тишиной и со странной жизнью ночью.

Сидит Вера у окна. Лучи вьются в косых, падающих столбах пылинок. Что-то знакомое в этом.

"Да. Это в библиотеке всегда так бывает, -- думает Вера. -- Все зеленоватое там, темные шкафы -- и сквозь узкие окна два таких столба мерцают. Будто это подводное царство. И он стоит светлый, как царь сказок. Золотые волосики на бороде завиваются, яркие, раскрытые губы. И все книги чудесные -- в его власти, и все люди, какие приходят..."

-- Нет, нет, -- говорит потом себе Вера. -- Глупо о нем думать. Он оттуда, из большого города. Студент. Умные они все и смелые. А я ничего не умею. На что я ему. Приедет -- уедет.

И опять смотрит Вера без мысли в окно, на пустой двор. Желтеет под солнцем высокий бурьян у окна. Верхушки высохли, шуршат, и осыпается книзу горячая пыль.

Вот -- бредет из погреба в дом Кузьминишна мелкими шажками, сама с собой говорит. Кошка за нею крадется неслышно по теплым камням. Куры кудахчут где-то.

В тишине хлопнула кухонною дверью, другою, в зал вошла. Сморщенная, темная, на фоне белой двери стоит, как потрескавшаяся икона в углу заброшенной церкви. Ах, начнет теперь свое старое говорить -- без конца.

-- И то, и то, барышня. И я говорю -- ох, время идет. А меня милый все ждет -- не дождется. Все во сне приходит...

Сдвигаются у Веры худенькие плечи и руки, тоскуя, и так болезненно хочется, чтобы кто-нибудь смял их, сжал, чтобы захрустело.

"Ах, время идет. Так и не узнаешь никогда, что это такое".

"Да, но ведь это-то правда, это правда -- прошлый раз он в библиотеке поклонился ей, как знакомый. Глаза ласковые у него, и маленькие волосики на бороде, все золотые, в лучах. Вот где-нибудь тут, внизу, на левой щеке почувствовать их, мягкие, щекочущие..."

А Кузьминишна все стоит у белой двери, все говорит об одном. И уже не знает, забыла, где правда и где темные забытые сны.

-- Кузьминишна, -- говорит Вера, -- ты посиди в спальне. Я сейчас приду. Я только в библиотеку. А если проснется, ты скажи что-нибудь. Скажи. Ну, я же приду сейчас.

Из старого шкафа у стены взяла Вера самое любимое, розовато-лиловое платье. Стоит перед зеркалом -- потускневшее; скрало оно все морщинки и говорит: -- Ведь ты еще так молода, и к черным волосам так это платье идет.

Улыбается Вера. Глаза загораются далеким блеском. Опускает ниже сорочку, и сквозь кружево смотрит жадное, смуглое тело. Это для него.

"А другие?" -- думает Вера. И прячет, опять закрывает загорающееся стыдом, не видевшее света тело.

Секунду думает. Опять опускает сорочку и стоит, часто дыша. Шепчет, странно смеясь: -- Мой милый, мой милый.

Надевает теперь белую шляпу -- и под белыми цветами резко выделяются в зеркале черные волосы, как опрокинувшийся ворон на белом снегу.

Мчится сердце -- вперед, вперед, и сжимается -- на краю пропасти, -- когда открывается и захлопывается медленно тяжелая дверь библиотеки.

За своим прилавком он -- так далеко, и около него все чужие. И не видит ее, не кланяется он сегодня.

"Ну, посмотри же, посмотри... Нет".

"Ах, и еще нужно ждать. Эта противная старуха впереди, в смятой шляпе и с белым зонтиком, опущенным книзу. Должно быть не закрывается. Да поскорее же, ну".

У прилавка Вера перекладывает книги из одной руки в другую, спрятала глаза под шляпой, бьется так сердце. И вдруг одна книга падает из рук со стуком, с таким стуком. Ах, все теперь на нее смотрят.

Он поднимает книгу, подает Вере -- с улыбкой.

Но зачем у нее так дрожат руки. Ради Бога, ради Бога.

-- Ах, вы весьма любезны, -- говорит через секунду Вера чужим, спокойным голосом.

-- Ну чего там весьма, -- улыбается он: "Странная девушка".

"Да, зачем весьма? -- думает мучительно Вера. -- Это же смешно, смешно. Вон, улыбается он. И все смотрят".

Бледнеет Вера, нагибается, открывает -- закрывает книгу.

-- Да что с вами?

Сверху говорит он, тихо -- точно они двое, ласково -- будто

гладит ее по голове.

-- Нет, нет, ничего.

Уж прошло все. И хочется уж громко смеяться и смотреть на него, слушать. И никого нет кругом.

Он опять наклоняется и делает свои глаза -- большого ребенка -- смешными и важными.

"Да милый же, милый", -- шепчет неслышно Вера. Серая тужурка у него распахивается, и под ней старенькая рубашка синяя, с прожженной дырочкой.

Радостными уколами бьется сердце у Веры. Отходит, нагибается -- записать книгу, жадно опирается грудью о стол. Пишет -- ах, да не то, кажется? Все равно...

Но с кем он говорит там? И таким же, как с ней, тихим голосом, и та касается его своей серой шляпой. Как смеет?

Сходятся и расходятся прозрачные пятна в глазах. Только бы дописать.

Со сжатыми губами Вера подходит, прячет дрожь внутри, говорит с веселой улыбкой -- вот услышишь сейчас, ты, в серой шляпе.

-- Вот листок. Так до свиданья, значит, до завтра.

Серая шляпа поднимается изумленно, смотрит.

-- Завтра? Ах да, на гулянье. Пожалуй, пожалуй. Приду вероятно. До свиданья.

"Ага, -- говорит Вера, -- слышишь?" И уходит, радостная. Несет с собой его книги, его теплый голос, и мягкие волосики на бороде.

А он нагибается к серой шляпе, смеются оба и в блестящих от любви глазах радостно видят друг друга. Потом говорит он:

-- Нет, пожалуй, это вовсе не смешно. Подожди, не надо смеяться.

* * *

К вечеру голубеют и растут тени. Оседает горячая пыль. Колеса далеко прогрохочут по камням и спешат затихнуть.

В старом доме все оплетается тревожной сумеречной паутиной. Белые двери и белые переплеты окон теряют что-то дневное и шевелятся беспокойно. Ржавая флюгарка скрипит на крыше. Ночь крадется.

Мать зовет:

-- Вера, Вера, да иди же. Я уже свечку зажгла.

Закрыли дверь в спальню. В две железных петли просунули

железный засов -- отгородились от пустого зала.

У изголовья, нагнувшись перед свечкой, сидит Вера и читает. Непонятно, неслышно, где-то извне, бегут чужие слова, как за окном снежинки. А внутри -- своя жизнь. Со сладкой болью сердце замирает, а потом бьется громко, страшно громко: тук-тик, тук-тик. Завтра. Где-нибудь в шелестящей тени деревьев... Тук-тик, тук-тик.

На минуту перестает Вера читать, опускает книгу на колени.

Будет так. Она прижмется к нему изо всех сил, чтобы стиснулась, смялась вся грудь. И зубами вопьется, чтобы остались следы.

-- Думаешь? О чем думаешь? -- говорит мать.

Вера вздрагивает. С белой подушки приникли к ней неподвижно глаза -- точно щупают скелет под живым еще телом.

"А вдруг она знает?" -- думает Вера и холодеет. И опять читает чужие слова, а внутри растет темнота -- холодная, злая.

Тяжелыми скалами ночь громоздится над домом все выше, и мимо нее бегут звезды. Мать лежит неподвижно, как мертвая. И кажется Вере, что она одна, и страшно читать вслух в огромной пустой комнате с тикающими часами.

-- Я устала. Я подожду, -- говорит Вера и опускает книгу.

Мать открывает глаза и смотрит на стену, в темное зеркало, где колеблется синим призраком свечка. Длинные, белые на одеяле пальцы двигаются, двигаются, невидимую ткань прядут.

И вдруг останавливаются. Что там такое? Послушай? В зале? Или это там, в запертой комнате?

В пустом зале по углам ночные шорохи крыльями шелестят, собираются мыши и шепчут шу-шу-шу. Уговорились и ползут все в запертую комнату и танцуют по струнам старого рояля. Сыплется пыль со струн, и рояль тихонько играет.

А на белой подушке все неистовее мечутся безумные: глаза. Вера сидит нагнувшись, неподвижная, белая...

* * *

И такой измученный встает день, и так пылает на небе солнце, и жадно ждет вечера.

В чуткой сумеречной тишине громко хлопают где-то калитки, пустеют дома, уже все уходят.

-- Да нет же, нет. Это немыслимо, -- говорит Вера, и не верит, и знает уже, что пойдет.

Со спутанными мыслями встает и на цыпочках идет в спальню за платьем. Часы в тишине беспокойно подпрыгивают -- тикают.

-- Кто тут? -- говорит мать.

Губы у Веры высыхают в секунду. -- "Как же теперь? Идти? Не идти? Да нет же, нельзя -- он сказал".

Наклоняется к матери и говорит -- точно злобно вколачивает острые гвозди -- слова.

-- Спи-спи. Тебе надо спать. Еще рано-рано-рано. Спи. Тускло сверкает поднятый к глазам стакан. Наливает капли. Нет, мало. Еще, еще, без счета. Спи крепче.

Играет вдали музыка. Ветер вечерний поднимает белую шляпу у Веры, и она быстро идет, изгибаясь навстречу ветру жадным змеиным телом. Скорее, скорее.

Вот и сад. Качаются над головой, как пьяные, томительные, блестящие фонари. А под фонарями качаются внизу ненавистные чужие лица. И нет его, и нет его -- нигде.

Толстые, медленные господа с кольцами -- пепел стряхивают с сигар. Две черномазых вертлявых девчонки с косичками -- где-то внизу шныряют, как ящерицы. Кавалеры из казначейства в бумажных воротничках -- подталкивают локтями, оглядываются:

-- Барышня, ждать кого-нибудь изволите?

Сжимается Вера, встает с одинокой лавочки, смешалась со всеми. И опять толпа несет ее. Задыхается она, и на цыпочках поднимается, и ищет его -- все нет.

А небо все ниже наклоняется, и пересыпаются звезды. Мужчины касаются подруг волосами, тихо говорят что-то, уходят уже с ними под темные, шепчущие арки деревьев. Вера слушает, и от шепота бегут горячие мурашки по телу.

Маленькие черные музыканты в белых воротничках вдруг схватывают трубы и скрипки и играют что-то дрожащее и острое, как луч, падающий на белый горячий песок. Все быстрее двигают руками, спешат -- уже скоро все кончится.

В беспокойном мигающем свете, по цветнику, кружит Вера. Тускло смотрят шары. Пахнет цветами остро и жарко.

-- Не пришел, не пришел, -- говорит Вера. -- Все кончено. Идти домой, и опять -- мать...

И вдруг остановилась Вера, набравши воздуху, и не может вздохнуть:

-- А серая шляпа? А если он тут и сидит где-нибудь в темной аллее с девушкой в серой шляпе?

Быстро идет Вера назад, и песок злобно скрипит -- будто зубами.

На горке в освещенной беседке последний раз музыканты играют -- и в белом облаке света прыгают колючие точки.

Аллея -- далекая. Под темными арками -- плотно прижавшиеся лица и ноги. Вера наклоняется к ним, смотрит в чужие лица и говорит, сжимая зубы:

-- Ах, извините. Я ошиблась.

Ага-га. Отскочили! И ей хочется злобно смеяться. А потом вся вспыхивает и думает, пугаясь: "Ах, что я делаю, что я делаю, сошла с ума".

Низко нагибает голову и бежит, и чьи-то ноги прямо перед своими видит, кого-то грудью толкает. Нужно сказать: -- простите. Но если набрать воздуху и вздохнуть -- задрожишь и закричишь пронзительно.

А он берет ее за руку и говорит сверху откуда-то:

-- Постойте, да это же вы? Вы одна, вы не узнаете меня?

Боже мой, -- он. Обнять его, жадно прижаться, пить его дыхание...

Вера стоит секунду с кружащейся головой и потом говорит:

-- Ах, это вы? Вот не ожидала вас встретить. Некогда было -- только пришла.

Протянула дрожащую руку, закрылась тусклой, как месяц, улыбкой.

Ах, это милая, печальная Вера... С нежной жалостью берет ее под руку.

Собрался весь мир и замер сладко в том месте, где лежат его пальцы. Идет. Вера с закрытыми глазами.

-- Послушайте, -- говорит она. -- Давайте сядем. Я шла -- тут все на скамейках сидели влюбленные. Ну, нарочно и мы с вами, нарочно -- хотите?

Перегибается к нему гибким телом, и сладким ядом глаз туманит его. В дрожащую, мягкую грудь погружается его локоть, и сам он тонет в чем-то мягком и жарком, опускается на скамью послушно.

Что-то он говорит. Кажется, о книгах. Получены новые книги...

-- Какие книги -- расскажите. Я к вам приду за книгами... -- Забывает, что сказала, и не слушает его слов, -- лишь бы слышать его, как музыку, лишь бы говорил что-нибудь.

Рядом, близко, пахнут цветы -- остро и сладко. Вдыхает их Вера и говорит:

-- Слышите запах? Это цветы ласкают друг друга и умирают, и это запах их ласк.

Вера чувствует его взгляд. Сердце колотится так, что хочется схватить его руками и удерживать.

-- Какой стыд, какой стыд, -- говорит себе Вера. -- Он смотрит!

И с ужасом понимает: хочется схватить и разорвать кружева на груди и платье, и все отдать ему: смотри -- вот я -- одному тебе... целуй.

А он молчит. Тяжелую голову опустил на руку.

Вот-вот, что-то гаснет и падает. Нужно схватить, удержать. Сказать ему что-то, скорее, да скорей же.

Зубы у Веры дрожат со стуком, и она говорит:

-- Ну, что ж вы так сидите? Занимайте же меня.

И холодеет потом вся. Это, это -- она сказала? И кажется -- сейчас сорвется она в яму, и чтобы не упасть, надо ухватиться руками за воздух.

Вера машет руками и хохочет -- громко и странно. А он пристально смотрит на нее и говорит:

-- Вот вы смеетесь, Вера. А мне кажется, вам вовсе не весело. И у вас какое-то горе есть.

Вера опять машет руками и говорит со смехом:

-- Да нет же. Какое горе. Вы такой интересный кавалер -- мне весело с вами.

Нетерпеливо шевелится он, и такой чужой теперь голос:

-- Не поймешь вас. Вы такая... какая-то... Трудно говорить с вами.

Назад откидывается, шуршит в траве за скамейкой, ищет фуражку. Уж лучше уйти поскорей -- пока это прошло. А то вот уж и музыканты уходят.

Вера кричит себе: не хочу, не хочу, и ломает руки. Поправляет потом шляпу и говорит:

-- Сегодня холодная ночь -- простудишься.

Пора идти. Гаснут дальние фонари. Цветы неистовей пахнут им еще минуту жить. И кажется -- вот еще раз передвинется месяц, и они дохнут приторным дыханием трупа.

Вера набирает воздуху и говорит беззвучным, скрытым тьмою, голосом:

-- Дайте же мне руку.

Берет его руку и слышит в ней чуть заметную ласку. И вдруг медленно, не зная зачем, поднимает эту руку к губам. А в конце темной дорожки стоит прежняя Вера, машет руками в безумном ужасе и кричит ей:

-- Что ты делаешь, что ты делаешь?

Поднимает руку к губам и целует вдруг -- быстро и жадно.

Потом сползает всем телом со скамьи на песок, обнимает колени его, прижимается грудью и шепчет, задыхаясь:

-- Я никогда не целовала, не целовала.

Нет, что же с ней делать? Мечется он и дрожащими руками хватает ее за голову.

-- Вера, я не понимаю. Вера -- простите. Я уйду сейчас. Ради Бога.

Вырывает ноги из цепких рук, носком сапога что-то мягкое задевает. Поспешно идет, натыкаясь на ползущие внизу корни деревьев. Вдруг останавливается, загораются лицо и уши.

-- Да ведь, кажется, я ее ударил ногой в грудь.

И бежит назад. Вон, все стоит она на коленях, прижимается к лавке лицом.

К ней наклоняется он, гладит голову, пальцы погружает во влагу слез.

-- Вера, голубчик. Ну, простите, ради Бога. Я же не уйду. Только не надо, только не надо. Ну, встаньте, пойдемте отсюда. Ведь могут прийти.

Вера затихает, поднимается послушно, идет послушно по темному песку аллеи. Куда-то идет -- не знает.

"Да вот уже дом с круглым балкончиком и... Домой. Что там? А если проснется мать? А если не проснется?"

Отмахивается: нет, забыть об этом. Нарочно говорит себе:

-- А у него дрожали руки. Да, дрожали. Милые волосики на бороде -- мои, мои. Я сошла с ума, я сошла с ума.

Идут по пустой лунной улице. По белым плитам бегут впереди две черные тени. Тревожно изламываются, взбираются на белые парапеты домов и мерцают оттуда: не ходи, не ходи.

Уже поздно: пришли. Громко стучит сердце у Веры -- будто кто идет одиноко по улице лунной и звонкой. Оборачивается Вера назад, лицом к луне и к нему:

-- Вот -- пришли. Там темно -- это ничего. Мы зажжем огонь. Вы ведь зайдете. Я одна живу, никого нет.

Над двором стоит глухой лунный свет.

Шуршит под ногами сухой бурьян. Направо, посредине двора, вбит кол, низкий -- так, до пояса. Зачем бы он? И тень от него падает поперек дороги.

-- Да идите же, идите же, -- говорит Вера. Чуть заметно к нему прижимается, отворяет дверь. Сердце мчится вперед -- там что-то неисправимое, огненное, желанное. Задыхаясь, говорит ему:

-- Мы тихонько будем, мы неслышно, как тени. Ведь правда?

И он отвечает странно-послушным Вере и похожим шепотом:

-- Мы тихонько будем, мы тихонько будем.

Берет ее под руку, идет с нею в залу по скрипящим чуть-чуть половицам. Пусто и тихо в зале.

Вздрагивает Вера, отворачивается от двери в спальню: пусть где-то сзади будет все это. А теперь -- скорее к нему.

-- Вот мой любимый диван, -- говорит Вера. -- Идите, садитесь.

Месяц бежит за нею к дивану и рядом садится -- белой согнутой тенью, с дрожащей головой -- как у матери.

-- Тут слишком пусто и слишком много луны, -- говорит он. -- Не хочется быть одному. Дайте-ка руку. Посидим так немного, и я уйду.

Садится он на диван рядом с белой тенью и берет за руку Веру. И они сидят в тишине трое, долго.

Нет, так странно сидеть -- молча. Она, как безумная, сверкает и надвигается жарким дыханьем. Надо что-нибудь сказать ей, да. И говорит:

-- Вера, подождите. У вас гребешки сейчас выпадут.

-- Выпадут, выпадут? -- говорит Вера. Чему-то улыбается, наклоняясь к нему, и нежная ложбинка на верхней губе становится у ней еще глубже.

-- Вы боитесь -- выпадут? -- говорит Вера. И вдруг вынимает гребешки и со стуком бросает, и душной волной разливаются волосы.

Весело, безумно и горячо внутри. Теперь Вера может все. Вот -- захочет и закричит громко, и будет говорить все, что думает. Или -- вот: разденется и будет стоять перед ним. Убьет мать.

Кладет она руки на плечи к нему, громко смеется и говорит своими губами, раскрытыми, как сердце цветка:

-- Ну, а теперь?

И кладет свои ноги к нему на колени. Вся -- у него, прижалась, обвилась гибкими руками.

Он слышит, как дрожит в нем горячее эхо, и говорит, обрываясь:

-- Вера, сумасшедшая, Вера же.

А Вера тонкими, горячими пальцами схватывает его за лицо и за шею, впивается поцелуем -- так, что своими зубами касается его зубов, и зубы скрипят. Скорее -- пить из него жизнь. Может быть -- минуты остались.

Куда-то пригибает она его голову -- и он послушно наклоняется, чтобы прижаться щекой к горячей голой руке. Близко совсем уже ее дыхание, душное и острое, как запах цветов в темной аллее -- все ближе...

Согнутой тенью старый месяц сидит в тишине на диване. Потом нагибается, слушает: где-то внизу чуть видные вырастают звуки, шепчутся по углам: шу-шу-шу. Ах, да это мыши. Шепчутся -- уговорились, ползут. Крадутся по струнам в старом рояле, вздрагивают струны, и сыплется с них пыль.

Просыпается кто-то в темной спальне. Падает на пол коробка спичек. Чуть-чуть старые половицы скрипят.

Вера слышит -- не хочет слышать. Нет, нет, -- показалось только, и все.

Свою руку просовывает к нему в рукав и ищет там его тело, и с безумной злобой страсти сжимает.

А он поднимает голову и говорит:

-- Нет, нет, погоди. Что там такое?

И опять падает, затопленный поцелуями.

Шаркает в спальне мать, приседает со свечкой в темных пустых углах и вздрагивает: а если увидит? Да нет, это там, в темном зале что-то. Отворяет дверь в зал и поднимает вверх и вперед свечу.

Изогнувшись, отпрянула Вера в угол дивана, словно сжалась под ударом и смотрит.

Кто-то встает с дивана. Из темной полосы переходит в светлую. Красный отблеск свечи на пуговицах тужурки, на губах, на подбородке. Медленно идет, опирается руками о стену. Скрипнула дверь.

С усилием мать открывает глаза -- а вдруг увидит? -- и нагибается вправо и влево со свечкой, и говорит:

-- Тут кто-то был... а? Тут кто-то был?

"Не видела, не видела", -- думает Вера с маленькой мигающей радостью и говорит:

-- Нет, это тебе опять показалось. Нет никого.

Потом встает. Под луной голубеет тело. Шепчет она:

-- Ах да, он же ушел. Он ушел.

И куда-то идет, спотыкаясь, -- за ним. А мать хватает ее сухими руками, сгибается, шепчет, опутывает шепотом:

-- Вера, Верочка. Постой же. Мы вместе посмотрим. Верочка, мы вместе посмотрим.

Останавливается Вера. Падают руки. Стоит секунду -- и опять вспоминает: что-то случилось, страшное. Вдруг хватает стул, стучит им об пол и кричит:

-- Это -- ты! Пусти, пусти меня!

Бежит мимо дивана с белой сидящей тенью. Вскакивает на окно, открывает, нагнулась.

Белые, пустые лунные плиты, и его нет. Ушел.

Сотрясается не обласканное жаркое тело, и приходит безумная мысль:

-- Позвать первого, кто пройдет?

Белая, стоит Вера в окне. Лунные лучи обвивают ее увядшим, неживым светом. Ползут выше, по белым карнизам, оборвались, ушли.

В пустых комнатах тихо. Около свечки в спальне -- часы тикают. К утру свечку тушат, и такой душный, одинаковый, встает день. Кузьминишна, спотыкаясь, бредет по двору. Кошка за нею крадется неслышно под солнцем. Куры кудахчут где-то.

1910

Старшина

Конона Тюрина сын Ванятка -- больно к науке негож был. Все, бывало, молился:

-- Господи, да пошли ж ты, штоб училишша сгорела и мне ба туда не итить...

Сгореть -- училище не сгорело, целехонько стояло, а все из Ванятки толку не вышло. В солдаты пошел Иван -- зазнали и там с ним горя. Сиволапый, громадный, косный, ходит не в ногу. Бей его -- спину подставит, не крякнет, да что из того проку? Последнее дело -- винтовку кликать, как след, и тому Тюрин Иван не обучился.

-- Трехлинейная, понял? Трех-ли-нейная.

-- Т-трех-лилейная, -- старательно выговаривал Иван.

Спрашивали Ивана:

-- Что такое выстрел? Ну, живо?

Иван отвечал:

-- Этта... когда... пуля из ружа лезя...

Так безграмотным и домой вернулся Иван -- в село Ленивку. Обженили его -- на Степаниде, из богатого двора -- Свисткёвых, стали величать Иван Коныч. И зажил Иван Коныч большим мужиком, сеял хлеб, убирал, все -- как надо. Без дела языка не чесал, ну и Степанида -- помалу молчать приобыкла: боялась своего мужика -- добре уж тяжел. Когда, случится, дома Ивана нет -- тут Степанида наплачется всласть, у окошечка на лавке сидя.

Днем рыскали по избе тараканы, ночью жиляли блохи, ели Тюрины грязно. А Иван приговаривал:

-- Ни-ча-во! Бык вон помои пивал, а и то -- здоров бывал.

Три года было урожайных: сколотил себе Иван деньжат, новую избу поставил. Ночью, наране новоселья, вышел на двор. Громадный, косматый, силища -- согнулся в три погибели, до земли поклонился старой избе:

-- Батюшка домовой, пожалуй в новый покой.

И так -- до трех раз. Но вышло новоселье к лиху: сидели без хлеба, по людям хворь какая-то ходила, от животов -- вот как мерли. Приехал тут земский, Тишка Мухортов, и с ним -- доктор. Объявили холеру: того-то, мол, не пейте, того-то не ешьте. Собрали сход мужики, загалдели:

-- Да это что ж нам -- помирать, стало быть, не пимши, не емши?

-- Подсыпали в воду-то, а потом на попятный: не пей...

-- Да что там, выкупать их в этой воде, оно и...

Земский и доктор сидели на съезжей, слушали -- и дрожмя дрожали. Староста туда-сюда: "Что вы, братцы, что вы, рази можно..." А сход -- ему уж не верит: видимое дело, староста с господами заодно.

Тут-то Иван Коныч могутным плечом распихал народ и лоб нагнувши, как бык, влез на крыльцо. Шапку снял, перекрестился:

-- А Бога-то, братцы, забыли, а? Опахивать надо, вот что!

Доктора и земского отпустили, опахали Ленивку в ту же ночь. Стали теперь и докторовы снадобья пить: потому -- опахали, ну стало быть -- и снадобья не страшны. И что же: ушла ведь холера-то.

Земский Ивану Конычу по гроб жизни был благодарен -- за то, что его с доктором выручил тогда Коныч; а мужики кланялись Ивану Конычу -- за то, что Ленивку опахать надоумил. Так оно и вышло, что стал ходить в старостах Коныч, а малость погодя -- в старшинах волостных.

Отпустил себе Коныч брюхо и -- бороду. К бумагам прикладывал по безграмотству печать, накопчённую на свечке. Всю волю начальскую исполнял Коныч справно; и дали ему за то золотую Царскую медаль.

С той поры писарю волостному Пал Палыч; дан был от Коныча приказ ставить на бумагах подпись: "Волостной старшина и кавалер, а по безграмотству его именная печать". Мужиков после медали Коныч зачал теснить, подати сбирал раньше сроку, -- все чтоб на отличку перед начальством. Ну ничего, терпели, а уж стало вконец непереносно -- это когда Коныч повесил приказ: "Сего числа старшина Иван Коныч Тюрин приказал проживающим семечек по праздникам и высокоторжественным дням не пускать отнюдь". Тут уж стали поговаривать, что пора бы Коныча и сменить.

Пока то да се -- ан, глядь, уж тот самый год пришел, когда царь новую волю объявил. Первая была воля -- от господ половину земли получили: ясно дело, насчет остатней земли указ теперь вышел. С первой-то воли народ, поди, расплодился, не хватает землишки, ну царь-то в это вошел и, значит, -- дал указ.

Так вот точно странник Гавриил (хрипучий который) -- все и обсказал по селу Ленивке. А уж Гавриилу все дочиста известно, трижды в Ерусалиме странник был, как же неизвестно, а японскую войну Гавриил в точности за три года предсказал.

Стал Коныч ждать бумаги насчет земли -- от земского, от Тишки от Мухортова, а только нет бумаги и нет. Ну, спасибо, тут кучер мухортовский ихний приехал: прознал от него Коныч, что земский в городе засел и сюда носа не кажет.

Покумекал Коныч -- покумекал:

"Нет, мол, указ надо сполнять в аккурате, потому медаль. Мало бы что, земский в городу -- неизвестно что, а я сложимши руки и сиди? Этак нагорит".

И велел Коныч писарю бумагу писать к Русину-старику: от Русиных, мол, в первую волю нарезана была земля, ну, стало быть, и теперь...

Коныч диктовал, писарь писал:

"Бумага господину Русину.

Как обществу надлежаще стало ведомо, и не имея существования к жизни, пришел указ надлежаще землю господскую, крестьянам, то и прошу. Ваше Превосходительство, господин Русин, надлежаще расписаться в слушании;

Волостной старшина и кавалер, а по безграмотству его именная печать".

А Русин -- не только, надлежаще не расписался, но на сотского ногами топал и жалобу грозил послать. Жа-алобу! А указ-то для кого, а? Не-ет, Коныч службу знает, у Коныча -- недаром медаль.

У господ в те поры стражников по имениям понаставили, а у Русиных не было. Не то чтобы забыли или что, а просто становой на Коныча -- как на каменную гору:

-- У Тюрина? У Коныча? Ну, брат, у него и не пикнут...

И не пикнули, верно. Собрал Коныч сход, писарю велел бумагу объявить, какую Русину-то писали, и всех нарядил на завтра с сохами идти -- лехи запахивать, русинскую землю по указу переделять. И пошли, все до единого, разве старики какие недужные остались.

Хоть и перевалил октябрь за середину, а еще погожие были дни, сухмень, теплынь. Гурьбой шли чрез село к Русину мужики, а бабы на токах цепами стучали, и таково было весело всем, -- беда!

Русинский белый с зубцами забор; над забором -- листья на древах уцелели, где золотенькие, где красные, а на дому на русинском -- крыша ясная, как жар горит...

Вышел к воротам генерал сам. Кра-асный, ну, чисто сейчас вот из бани, с полка.

Стал ему Иван Коныч произъяснять -- вяк-вяк, а толку не выходит, не внятно:

-- Надлежаще... Хотя-хоть и конешно, мы...

Ну ладно: велел старшина писарю говорить, а писарь говорит -- как красна точёт. Писарь -- сначала про Минина-Пожарского, потом про окружной суд, про Наполеона, потом про какого-то брухучего быка... Этакой ловкач!

Слушал генерал -- слушал, да ка-ак зяпнет:

-- П-пашли все вон!

Ну, тут что же, конечно: пошли, землю поделили, все честно-благородно. Бумагу написали, Коныч приложил печать: делу, стало быть, конец. Двух стариков приставили новые наделы сторожить, а Русину -- усадьбу отвели, все сараи и всякие там причиндалы, и живности ему половину отдали. Все по совести, по указу, а он взял -- да и нажалился, старый хрен. Ну, нынче и народ!

Через три дня -- исправник приехал, стражников видимо-невидимо, а еще -- малый молодой какой-то из города, с кокардой: из окружного, что ли. Забрали и Коныча, и писаря, и мужиков, кого погорластей. На телеги посажали -- и эх... Бабы выли, а телята без хозяйского глазу, хвосты задрав, -- по улице вскачь, телятам -- веселье.

Судили мужиков из Ленивки не скоро, через год, почитай. И из острога на суд -- все такой же пришел Коныч: ядреный мужик, ведьмедь, и медаль свою на шею вздел.

Говорили-говорили на суде -- дня три без передышки, ну и языки же крепкие. А что к чему -- неизвестно. Под конец и Коныча спросили. Коныч вскочил, руку приложил к сердцу, от сердца им стал говорить:

-- Ваши превосходительства. Как по указу ведь я, надлежаще... Вот она -- вот, от начальства медаль-то! А меня... Нешто так возможно?

Уж вечер, уж лампы зажгли, а судьи все не выходили. Уморился Коныч так, зря сидеть: "Что, мол, их на ключ, что ли, кто замкнул, не идут-то чего?"

Вышли, бумагу читали; сказали -- тоже, мол, и они по указу судили, ну да кто их знает. Кто-то объяснил Конычу: оправдали, мол, можно домой.

Заторопился Коныч идти: надо еще до ночи управиться -- новый хомут купить. Не то с господами-то проститься надо, не то нет? Остановился Коныч, к судьям повернулся -- и еще попрекнул напоследок:

-- Ну, вот то-то и оно-то: оправдали, домой. Я -- знаю, я -- по указу, надлежаще. Меня не собьешь!

1914

Очарованный странник — Н. С. Лесков — 9781909669727

Некуда — Н. С. Лесков -9781909669673

Мы - Евгений Замятин- 9781909669758

Уездное, На куличках, Островитяне – Е. Замятин — 9781784352043

Огни св. Доминика – Е. Замятин — 9781784352080

Мамай, Пещера, Большим детям сказки, Рассказ о самом главном – Е. Замятин — 9781784352073

Алатырь, Север, Ловец человеков, Бич божий – Е. Замятин — 9781784352097

Апрель, Непутёвый, Три дня и другие – Е. Замятин — 9781784352103

Санин — М. П. Арцыбашев — 9781909669949

Двенадцать стульев — Ильф и Петров - 9781784350239

Золотой теленок — Ильф и Петров - 9781784350468

Мастер и Маргарита — М.А. Булгаков - 9781909669895

Собачье сердце — М.А. Булгаков — 9781909669536

Записки юного врача — М.А. Булгаков — 9781909669680

Роковые яйца — М.А. Булгаков — 9781909669840

Горе от ума — А. С. Грибоедов - 9781784350376

Рассказы для детей - Д. Хармс - 9781784350529

Евгений Онегин (Либретто) — 9781909669741

Пиковая Дама (Либретто) — 9781909669918

Борис Годунов (Либретто) — 9781909669376

Руслан и Людмила (Либретто) — 9781784350666

Жизнь за царя (Либретто) — 9781784351250

Как закалялась сталь - Николай Островский - 9781784351946

Левша — Николай Лесков — 9781784351953

Тяжелие сны — Федор Сологуб — 9781784351977

Творимая легенда — Федор Сологуб — 9781784351991; 9781784352004; 9781784352011

Победа смерти — Федор Сологуб — 9781784352028

Рассказы — Федор Сологуб — 9781784352035

Смерть богов. Юлиан отступник — Д. Мережковский - 9781784352127